木かげと陽だまり

水彩　こころの覚え描き

西薗和泉

道友社

木かげと陽だまり ◎ 目次

カバー表「レンゲ畑」
大扉「教祖殿北庭の梅林」
目次「教祖殿遠望」

本書は、月刊紙『人間いきいき通信』（『天理時報特別号』）に二〇〇一年一月号から連載された表紙絵に、未発表作や新作の絵を加え、書き下ろしエッセーとともにまとめた画文集です。

装丁／森本　誠

木かげと陽だまり　水彩　こころの覚え描き

トトロの棲む家

宮崎駿《みやざきはやお》監督のアニメ映画を思わせるような絵ですね、と言われたことが一度ならずある。

彼の作品が好きな僕には、嬉《うれ》しくももったいない言葉である。特に気に入っている作品は『となりのトトロ』である。トトロの世界にこそ、僕が惹《ひ》かれるすべての要素が盛り込まれている。まず、舞台が田舎《いなか》であること、子どもの心理が心憎いほどよく描かれていること、内容が日常的でありながら限りなく空想的なこと、そして、主役のトトロのキャラクターはもちろんだが、僕にとってさらに大きな魅力を感じるのが、新天地を求めてやって来た主人公たちの住む家である。木造の古びた日本家

「赤い椅子」

椅子《いす》とは不思議なもの、置いてあるだけで妙に存在感がある。そこに「人」を感じさせる何かがあるからだろうか。

屋に、やはり古びた洋館がミックスされている。和洋折衷《せっちゅう》のレトロな雰囲気がたまらなく好きである。

僕が古い木造の建物に惹かれて絵を描くのは、子ども時代を過ごした家がそうだったからに違いない。縁側のガラス戸から差し込む暖かな日差し。縁の下は、僕たち子どもにとって格好の冒険場所だった。木の浴槽《よくそう》に、細かい色タイルを張り巡らした風呂場。お湯につかって仰向けになり、天井の木目をぼんやり眺《なが》めていると、いろいろと想像をかきたてられる。ふいに、僕を現実へ引き戻すように、天井裏のネズミが時々駆け回った。

トイレは汲《く》み取り式だったが、しゃがみ込んで用をたす和式と〝朝顔〟の二つの便器があった。ちょうど小津安二郎《おづやすじろう》監督の映画に出てくるようなたたずまいだった。そのような家に大学生になるまで住んでいた。借家だったため出なければならないことになり、心残りだったので家中の部屋をスケッチしまくった。おかげでいまも、そのスケッチブックを開くと、当時の記憶がよみがえってくる。

外を歩いていて、ふと古い家が目にとまるのは、きっと昔のわが家を思い出すからなのだろう。しかし、古ければいいというわけではない。皆がイーゼルを立てて描いているような所は素通りし、自分が気に入った所で描いていると、「へェー、こんな家が絵になるの？」とか「ここを描いている人は初めてだ」などと地元の人に驚かれたりする。

昔から天邪鬼《あまのじゃく》なところはあったが、理由はそれだけではない。観光地化された家並みではなく、生活感の溢《あふ》れた人間くさい家が好きなのである。古い家の宿命だが、描こうと思っていたのに、ぐずぐずしているうちに取り壊されてしまう場合もあるし、描いた途端に壊されてしまった、ということもしょっちゅうある。だから「描いてもらって、いい記念になった」と感謝されることもあるが、僕にとっては、ただ、なんとなく惹かれるから、筆をとるのである。

ともあれ、目をつけている〝トトロの棲《す》む家〟はまだたくさんある。いつまでもトトロの姿を追いかける感性を持ち続けたいと思う。

〃絵になる〃通勤路

毎朝四十分ほどかけて、京都府木津《きづ》町の自宅から、職場である奈良県天理市の天理中学校まで車を走らせている。飽きることなく同じ道を通い続けるのは、四季の変化をこよなく愛せる性格だからだろう。

大地に生命の息吹《いぶき》が感じられる早春は、一年で最も刺激的な季節でワクワクする。やがて春爛漫《らんまん》。満開だった桜の花も散るころになると、ああ、もったいないと思うのもつかの間、葉桜もまたよし。緑がわきあがるように溢《あふ》れだし、新緑に心を奪われる。緑が濃さを増したころ、田んぼに水が張られ、見慣れた風景は一変する。梅雨《つゆ》が明けると夏本番。日差しが強くても、美しい入道雲や青い山や田んぼを見ていると、日本の夏っていいなぁ、とつくづく思う。

立秋を過ぎ、ツクツクボウシが鳴き始めると、どことなく秋の気配が漂ってくる。稲穂が色づくころ、ふと目をやると、畦道《あぜみち》にヒガンバナが咲いている。秋は夕焼けが美しい。冷え込みがきつくなると、いよいよ紅葉がクライマックスを迎える。

親里の並木道も好きだ。ナンキンハゼ、イチョウ、サクラなどの紅葉《べにば》や黄葉《きば》が朝日に輝くさまは、筆舌に尽くしがたい。天理教教会本部の神殿へ参拝に向かう天理看護学院の女学生たちのはつらつとした姿も、ひときわ輝いて見える。落葉《らくよう》は惜しい気もするが、いやいや葉を落とした木のシルエットも美しい。寒空のもと、裸の枝をさらす木々は天然の〝彫刻作品〟で、僕の目には生命力に溢《あふ》れた姿に見える。

年が明けると、どことなく春めいてくる。木々もやがて芽吹き、梅の花があちこちで咲き始め……というふうに一年が繰り返されていく。そして、四季折々の景色を見るたびに、毎年変わらぬ感動に僕は包まれる。

「春」

木々は芽吹き、耕された大地は内からみなぎる生命力に溢れ、春の到来を告げる。菜の花は、春の光そのもののように明るい。

絵の題材は、この通勤路で見つけることが多い。目がカメラのようになっていて、描きたい風景に出合うと、バシャッとシャッターが下り、脳裏にその風景が刻み込まれる仕組みだ。

なかでも、僕が一年を通して最も気に入っていた場所は、奈良―天理間の国道沿いにある牛小屋である。小屋の後ろには木が高くそびえ、その一角だけが大和《やまと》ではなく、北海道を思い起こさせる風景だった。四季を通じて何枚も絵に描いたが、唯一描かなかったのが雪景色。白銀の世界になったある日、出かけてみると、いつもと様子が違っていた。しばらく、それがなぜなのか分からなかった。そして声を上げた。後ろの木が全部切られていたのだ。建て増しをすると話には聞いていたが、まさか、すべて建て替えるとは思いもしなかった。間もなく、近代的設備の整った牛舎へと生まれ変わった。

もはや牛小屋の横を通っても目がいくことはなくなったが、新しい被写体は際限なく現れ、風景は描いてくれとばかりに、あちこちから熱いラブコールを送ってくる。

もう一人の僕

僕は昭和三十五（一九六〇）年四月十五日に生まれた。僕より十一分早く生まれた兄と一卵性の双子である。心音がぴったり重なっていたからか、双子だということはあらかじめ分かっていなかった。一人生まれてから、もう一人いるぞということで、僕が出てきたらしい。伯母《おば》の「お母さん、赤ちゃん生まれた？」の質問に、当時五歳の姉は指を二本立てたそうだが、伯母にはなんのことだか、すぐには分からなかったという。

一度に二人の男児誕生に父は驚き、そして、たいそう喜んだようだ。一人の体重を二人で分け合ったように軽かったが、すぐに標準に追いつき、追い越した。

「アタミザクラ咲く」

教会本部神殿の東側に、開花の早いアタミザクラの並木があり、ソメイヨシノよりひと足先に春を楽しませてくれる。開花の時期になると、吸い寄せられるように参拝者が訪れる。その表情は、ゆるんで笑顔になっている。

一人が風邪《かぜ》をひけば、もう一人も必ず風邪をひく。同時に腸炎を起こしたりもしたから、もともと体が弱かった母は大変だったろう。父は二人をいっぺんに抱こうとして、腰を痛めたという。その後も何度かぎっくり腰に苦しむことになるが、最初の原因は僕たちにあるのだ。

僕らはいつでもどこでも一緒だった。ニノニノと鼻歌を歌いながら頭をつき合わせて絵を描いているところを、父がテープレコーダー（あの大きな丸いテープがぐるぐる回るオープンリールタイプ）で録音している。外を歩くときも一緒。お互いに、ずっと付いて回る影のような存在だった。

天理幼稚園に入園したときは、なぜだか初日、二人で抱き合って泣いたことを覚えている。その後、天理小学校、天理中学校、天理高校と学んだが、学校側の配慮からか、一度も同じクラスになることはなかった。

大学で初めて別々の道を歩むことになる。兄は現役、僕は一浪して合格し、家を離れて下宿することになった。二人の人生はここから大きく変わることに……と思いきや、卒業後はともに中学校の美術教師と、また同じ道へ。結婚して、子どももも男の子と女の子の二人、なにもそこまで似なくても……。

よく間違われるので、自己紹介のときは双子であることをまず断っておく。兄と間違えている人に「弟です」と言うと、「あっ」と驚かれる。そのときのバツの悪そうな表情を見ると、なんだかこちらが申し訳ない気持ちになる。

兄は目下《もっか》、お菓子作りに凝《こ》っていて、和洋を問わず研究を重ね、よくお相伴《しょうばん》にあずかるが、その腕前もなかなかのものだ。また、ふらりと海外に出かけ、趣味で撮《と》った写真の展覧会を開くなど、多才な一面を持っている。

創作活動においては別々でも、お互い通じることをしているので、常に刺激し合っている。やはり、僕ら二人にとって、ニノニノと鼻歌を歌いながら絵を描いていたあのころが、創作の原点ではないかと思う。

野の草を友に

子どものころから野の草を友に過ごしてきた。

田んぼが遊び場だった僕たち兄弟は、そこでいろいろな草花を手にして遊んだ。スズメノテッポウを摘《つ》んで笛代わりにピーッと鳴らしたり、ナズナをシャラシャラいわせてみたり、オオバコの茎《くき》を使って引っ張りっこをしたり、笹《ささ》の葉で舟を作って小川に流してみたり……。口が寂しくなるとレンゲの蜜《みつ》を吸い、スイバの茎をかじった。空高くさえずるヒバリの声を耳にすると、遠いあのころに引き戻されそうになる。

早春、母がフキノトウで作るフキ味噌《みそ》は、慣れ親しんだ苦い味だ。これを食べないと春が来た気がしない。ツクシは採《と》るのも面白《おもしろ》いが、みんなでわいわい言いながらハカマを取るのが楽しかった。桑《くわ》の実もよく食べた。舌が紫色に染まるので、食べたことを親に隠しようがなかった。

夏休みのラジオ体操のとき、眠い目をこすりながら見たツユクサの花の青色も、鮮明に脳裏によみがえってくる。服にくっつきやすいアメリカセンダングサやオオオナモミは最上の遊び道具だったし、ジュズダマは最高のアクセサリーだった。

大学時代、ワンダーフォーゲル部に入って登山をするようになると、なおさら足元が気になった。どんなにしんどくても高山植物を見ると疲れが吹き飛ぶし、新しい花と出合ったときの喜びはまた格別だ。深田久弥《ふかだきゅうや》の『日本百名山』とともに愛読したのが、田中澄江《たなかすみえ》の『花の百名山』である。鹿児島の開聞岳《かいもんだけ》に登ったときに見た白い花が、この本に載《の》っていないかと探してみたら、ショウジョウバカマとあった。大学近くのポンポン山に登ると、まるで図鑑から飛び出してきたような、見事な紅紫色のショウジョウバカマを見つけた。そのときの嬉《うれ》しさといったら……。これをきっかけに、野草への関心は大いに高まった。

「春の道」

足元にはオオイヌノフグリやカラスノエンドウ、キンポウゲなど色とりどりの花が咲き、日ごとに色彩が豊かになっていく。小さいころからお馴染《なじ》みの花たちなので、毎年、再会を楽しみにしている。

一年を通して、よく山野草を見に行く。いつ、どの場所に行けば会えるのか、チェックしてある。あの辺りを歩けば何かありそうだと見当をつけて行くと、必ず発見がある。自分でも不思議なくらい勘《かん》が働くのだ。

わが家の庭では、草も生えたままにして楽しんでいる。ジシバリ、ハハコグサ、カタバミ、キュウリグサ……。しかし、はびこると手に負えないものがある。カタバミもその一つで、放っておくと地面を覆《おお》い尽くしてしまう。あの種は、ちょっと触れただけでパチパチはじけ飛んでしまうからだ。

また、ありふれた野草で気に入ったものは、採取して庭で増やしたりもしている。ゲンノショウコ、サクラタデ、ミズヒキ、ヘビイチゴ、スミレ類、タツナミソウ、アキノキリンソウなど。野草の風情は飾り気がなく、それでいて凛《りん》として美しい。

野に咲く花のように、人をさわやかにする生き方ができたら、と思う。

気ままな散歩

子どものころから散歩が好きだった。兄とはよく出かけたし、父と一緒に歩いたり、犬を散歩に連れていくのも日課だった。
通学で歩いた道は、舗装されていないところがまだたくさんあった。いま探してもなかなか見かけることはなく、あったとしても農道くらいだろう。ほとんどの道がアスファルトで覆《おお》われているため、杉《すぎ》などから飛散した花粉がはね返り、風で空中に舞い上がり、花粉症の広がる一因にもなっているらしい。
また、土の道には、水の蒸発熱による温度調節機能、つまり特別なエネルギーを必要としない天然の空調作用があるという。だから、照りつける夏の日には、アスファルトの道を歩くより

「舗装されていない道」

　春先になると倉庫の裏から、フキノトウが顔を出す。かつては〝小さな春〟を確かめるために、欠かさず行ったものだ。この道も、いまでは舗装されてしまった。

土の道を歩いたほうが涼しい。最近の夏の異常な暑さを考えると、この話もあながち無視できない。

土の道では、雨が降ると水たまりができ、冬になるとそれが凍りつく。子どものころ、長靴で深い水たまりに入ってみたり、大きな水たまりを飛び越えたり、氷を靴でかち割る感触を楽しんだり、水たまりで遊ぶ楽しさは格別だった。

車や自転車に乗っても、昔の道はデコボコだったから、ガタガタ揺れるのが当たり前だった。

大学時代は車にもバイクにも乗らず、ひたすら歩くか、自転車であった。ワンダーフォーゲル部で、山行を繰り返すうち、すっかり山の魅力にとりつかれ、街へ出るにもリュックを背負い、ハイキング感覚で歩き回っていた。

そんな僕でも、車一辺倒の生活に変わって久しい。絶対に太らないと確信していた体に贅肉《ぜいにく》がつき始めた。歩く生活に戻らなければ、という焦《あせ》りはあるが、もはや僕の体は車と一体化してしまったようだ。運転席に座っているだけで、下腹部に肉がたまってくるような気がする。

唯一、休日の朝早くに散歩することは続けている。でもそれは、首にタオルをかけ、耳にイヤホンを付け、音楽を聴きながら早足で歩いたり、スポーツウエアに身を固めた気合の入った現代人のウオーキングとはまるで違う。ただキョロキョロ、ダラダラ、ポコポコの、昔からしている無目的で気ままな散歩なのである。

庭の楽しみ

休日はほとんど庭で過ごしている。

花を愛《め》でるだけでなく、花を咲かせるまでの長い過程の、いろいろな作業のすべてが楽しい。外気と土と植物に触れると、僕の体が喜んでいることが分かる。

同時に、庭は僕の〝青空アトリエ〟。育てた花をスケッチすることによって、見ただけでは気づかなかった形の面白《おもしろ》さや色の魅力などを発見したり、再認識することになる。花に限らず、種から芽が出て土をもたげている様子や、これから咲こうとするつぼみの姿など、いつ見ても感動する。大の苦手の毛虫や青虫、ナメクジたちをスケッチに登場させるうち、彼らに対する見方もいささか変わった。

ある朝、黄色いマーガレット・コスモスの花をナメクジが食べていた。よく見ると、その体内が黄色く透《す》けていた。これには思わず見入ってしまい、絵筆を走らせた。

五年前に引っ越したわが家の庭には、わずかながら園芸を楽しむスペースがある。

それまでの住まいでは、プランターで花を中心に植えていたが、やはり土がある所には、どっしりと根を張る木がほしい。山歩きをしていて、ふと木の下の清楚《せいそ》な野草に目が向くような、そんな自然な雰囲気を、わが家の庭にも持ち込みたいと考えていた。

とはいえ、狭い庭に植えられる木の数には限度がある。もともと住んでいた人が植えたものに、シャラやハナミズキ、ヤマツツジ、マユミなどを加えたため、たちまち庭はパンク状態になってしまった。

幸いなことに、わが家のすぐ裏には広々とした公園があり、樹木もたくさん植えられている。四季折々に見せてくれるそれ

「春の準備」

春に備えて庭のあちこちを模様替え。色とりどりの花が花壇いっぱい、鉢いっぱいに咲くさまを想像しながら作業するのは、至福のひととき。

らの表情は、借景として大いに利用させてもらっている。

　引っ越した当初はカーテンもなかったので、窓越しに見える公園の樹木が〝緑のカーテン〟のようで、思わず心のなかで歓声を上げたほどだ。

　公園には、夏になるとさまざまな昆虫が集まり、秋もたけなわのころにはドングリの実がバラバラと落ちる。厚く敷き詰められた落葉の絨毯《じゅうたん》は、踏みしめると実に気持ちいい。落ちた木の実からは、やがて芽が出てくる。子どもにとって、裏の戸口を開けた向こうには、天国のような遊び場が広がっている。

　息子の「宏樹《ひろき》」という名前に樹という字を使ったのは、僕が山や木が好きだからだ。彼が生まれた四月は、まさに芽吹きの季節。小さく生まれた彼が大きく成長することを願って命名したが、その願い通り、大きくすくすく育っている。

夏休みのイチジク採り

僕が幼いころ過ごした木造平屋のわが家。子どもたちが駆け回るには十分な広さの庭があった。周囲はトタン塀《べい》と、一部は杉《すぎ》の木に囲まれていた。その庭で植物を育てることはもちろん、昆虫と戯《たわむ》れるなど、いろいろな遊びができたので決して退屈しなかった。

いまも印象に残っている草木は、八重《やえ》のヤマブキ、ムクゲ、ナンテン、ハラン、ヒメヒオウギズイセンなどだが、特に忘れられないのは、ひときわ高くそびえるシュロの木と、大きなイチジクの木だった。

この二本の木は隣り合うようにして立っていた。ともに、う

「アジサイ」

このアジサイは、道路脇《わき》に植えられていて、排気ガスに耐えながら、信号待ちのドライバーにひと時の安らぎを与えていた。

っそうと茂り、木の下に入り込むと、まるでジャングルに迷い込んだかのようだった。当時、僕はアマゾンの密林地帯にひどく憧《あこが》れていた。そこに潜《ひそ》む動物たち――特に、図鑑に全長十五メートルあると書かれていたアナコンダやボアなどの大蛇――に魅了されていたので、このシュロの木にも大蛇が絡《から》みついていたらと考えるだけでも、十分に興奮したものだ。

イチジクの木は、家の表と裏の両側にあり、赤紫の大きな実がなるものと、黄色い小さな実がなるものの二種類があった。両方とも味は甘いのだが、黄色の方がねっとりとした甘さで、実がなる時期は赤紫より遅かった。

夏休みに入ると、このイチジクの実を採《と》るのが僕たち兄弟の日課となった。日に日に大きくなっていく実は、いつ収穫するか、そのタイミングが難しい。店で売っているような若いものはまだ採らない。木でしっかり熟すのを待ち、カナブンたちにやられる前に採るのだ。雨が降ろうものなら、水っぽくなって甘さも半減するので、天候も気になる。

裏のイチジクは、台所の流し台から屋根に上らないと採れなかった。高い所が苦手だったら、とてもイチジク採りはつとまらない。僕たちはさらに屋根のてっぺんを自由自在に行き来し、あるときは追跡者、またあるときは逃亡者の気分を味わいながら遊んでいた。

夏もいよいよ終わりに近づき、イチジクの甘みも落ちたころ、わが家ではイチジクのジャム作りが始まる。これがまた、おいしいのなんの。朝食が楽しみになるほどだった。レモン汁を入れて酸味を加えることを忘れてはいけない。

もう一生分のイチジクは食べたので、店の高価なイチジクをあえて買うことはないが、あの庭で採れたイチジクだけは、もう一度味わってみたい。

下宿生活の思い出

近鉄《きんてつ》電車で京都駅に近づくころ、西の方向に山々が見えてくる。その麓《ふもと》にある京都市立芸術大学に通っていたのは、もう二十年も昔のことだ。電車の窓からこの山々を眺《なが》めるだけで、いまでも甘酸《あまず》っぱいような懐かしい気分になる。京都には、市電が走っているころから、親に連れられて美術館や古本屋などへよく行った。浪人時代、市内の絵の研究所に通っていたし、大学の四年間は下宿生活も送った。

京都には僕の青春のすべてがある。

その下宿は昔、漢方薬を取り扱う店を営んでいたらしいが、当時は万屋《よろずや》だった。部屋は四畳半ひと間、トイレや炊事場は共同、二階建てで八部屋あった。友達の多くは、マンションやハイツなどの洒落《しゃれ》た部屋に住んでいたが、僕はたとえ二階のトイレで〝大〟をして一階まで急降下する汲《く》み取り式のトイレであろうと、共同台所にみんなの食べ残しが散乱していようと、同じ下宿で四年間を過ごした。それはひとえに、大家さんや下宿人たちの厚い人情のおかげである（もちろん下宿代も破格の安さであった）。

下宿のおじちゃん、おばちゃんはとても面倒見がよく、下宿人のために焼肉パーティーを開いてくれたこともあった。下宿人は大学生から勤め人まで個性派ぞろいだが、いい人たちばかりだった。当初は、母が作る切り干し大根の味などを思い出しながら、ホームシックにかかることもあったが、誰《だれ》にも干渉されない気ままな一人暮らしに次第に慣れていった。夜を徹しての友との語らいも、下宿ならではの経験であった。

風呂は近くの銭湯に通った。それまで経験がなかったので、毎回、旅館の風呂に入るような気分だった。冬の寒い日に出かけても、帰りは体がホカホカした。たまに大家さんの内風呂に

「ススキのある風景」

京都芸大に通っていたころ、よく大学の裏山辺りを散策した。これは、そのときに描いたもので、大学時代の水彩画では一番気に入っている作品だ。

入れてもらうこともあったが、それはそれで、わが家に帰ったような感じがして嬉《うれ》しかった。

　大学への往復は自転車。足を延ばして、市街地に出ることも多かった。

　ワンダーフォーゲル部では、しょっちゅう京都市北部の北山《きたやま》辺りに出かけていた。あの京福《けいふく》電鉄。時代がかった木製の車内、軍服のような乗務員の制服。そして、車窓を流れるのどかな風景……。

　一人でうろついた所、入り浸《びた》った所、友人や彼女と訪れた所、とにかく思い出がいっぱい詰まった僕の第二の故郷、京都。その最南端にいま、ささやかな居を構えている。

木かげと陽だまり

懐かしいもの その一

蚊帳《かや》。子どものころ、夏には欠かせないものだった。蚊が侵入しないよう、すそをパタパタしてからサッと入るのがコツ。いったん蚊が入ってしまえば、ブーンという羽音に悩まされながらひと晩を過ごすことになる。蚊帳は子どもにとって、単に蚊から身を守るだけのものではなく、もっと特別な空間だった。異次元の世界に飛び込んだような、ワクワクした感覚にとらわれた。映画『四谷怪談《よつや》』に蚊帳が登場し、それを観《み》てからしばらくの間は、蚊帳に入るのが恐ろしかった。

朝起きると、子ども部屋の蚊帳は自分たちで片づけた。部屋の四隅のクギから蚊帳を取りはずし、兄と二人がかりで要領よくたたみ、テントを撤収するかのように押し入れに収納する。夏の日課だった。

湯たんぽ。熱いお湯を入れ、母が古い毛布を切って縫《ぬ》った袋でくるみ、布団《ふとん》の足元に入れる。翌朝、ぬるくなった湯たんぽの湯で顔を洗う。一石二鳥とは、まさしくこのことだ。

足踏みミシン。母はよく僕たちのためにおそろいの服を作ってくれた。双子の兄と区別できるよう、名前や絵を刺繍《ししゅう》する母の手元をよく見ていた。ミシンは子どもにとって格好の遊び道具。足踏み部分を手や足で動かしては、何々ごっこに興じた。

鰹節《かつおぶし》削り器。父がゴリゴリと削っていたのは、手先が器用だった祖父が手作りしたもの。僕らもよく手伝ったが、刃の出具合を調整したり、刃の当て方を加減したり、なかなか技術を要した。

土管。漫画『ドラえもん』によく出てくる、あの土管。僕の子どものころは、あちこちに空き地があり、そこにはたいてい土管が転がっていた。僕らも土管に入って遊んだ覚えがある。入るだけでワクワクしてしまう。そこは秘密基地になったり、

「物干し台」

ＪＲ奈良駅周辺の開発ぶりは目覚ましく、かつての面影はすっかり失われてしまった。絵の題材を求めて歩くと、時代に取り残されたような古い民家がいくつか残っている。

個室にもなった。押し入れにもよくもぐり込んだが、大人になって同じことをやってみても、ちっとも面白《おもしろ》いとは思わなかった。

障子《しょうじ》張り。昔の家は障子がたくさんあったので、よく父が張り替えていた。洗濯のりを水で溶いて、手際よく障子紙を張りつけていく。張り終わったときの部屋の明るさは、気持ちまでも明るくしてくれた。いま住んでいる家の和室の窓にも障子があり、一度張り替えたことがある。のりや刷毛《はけ》などがセットで売っていて、便利になったにもかかわらず、正直なところ面倒くさかった。近づかないようにと言っておいたのに、子どもがウロウロしてベリッと破ったときは本気で怒った。

どれもこれも、小さいころ親がしていた作業はよく覚えているもの。子どもにはやはり、親の良き背中を見せなくては、と思う。

懐かしいもの　その二

焚《た》き火。寒い日に限らず、庭に出てよく焚き火をした。着火のときや、火力が弱くなったとき、杉《すぎ》の枯れ枝をくべると、ぱっと火がついて重宝した。環境を汚染するということで、一般の家庭では、ごみや枯れ草、落ち葉を燃やさなくなって久しいが、わが子と一緒に焼き芋《いも》でも食べたいものだ。

柱時計。時がくると、ボーン、ボーンと鳴る柱時計の音が懐かしい。寝床のなかでよく数えた。眠れない夜など、この音がけっこうプレッシャーになった。ゼンマイが切れて時計が止まると、椅子《いす》に乗ってネジでギッギッと回し、振り子を揺らしたことを覚えている。

No.18

3月21日　昼

ボールペン
透明水彩

「洗面所」

昔住んでいた家を描き残したスケッチの一枚。タイルの広い洗面台や、レトロな電球の笠《かさ》が懐かしい。五枚並んだタオルから、当時の家族の生活がよみがえってくる。

レコード。僕たち兄弟が初めて親にねだったレコードは、少年合唱団の音楽集である。当時、僕たちの憧《あこが》れの的《まと》は、素晴らしいボーイ・ソプラノを聴かせてくれたウィーン少年合唱団だった。

天理中学校に勤め始めたころ、授業でレコード・ジャケットのデザインを生徒にやらせてみたが、そのうちレコードそのものの製造が打ち切られ、CDに切り替わった。CDジャケットはサイズが小さく、デザインをするには物足りない。いまは、レコード自体を見たことがない生徒を教えている。

停電。木の雨戸をガタガタと戸袋から引き出して閉めるのは、台風が来るときだった。子どものころ、床下浸水もよく経験したし、停電もしょっちゅうあった。そのたびにロウソクに火をつけ、いつもと違う雰囲気にワクワクしたものだ。わが子はいまだに、停電でロウソクに火をともすという経験がない。

買い物籠《かご》。フランスに留学していたとき、朝市によく出かけた。老いも若きも思い思いの大きな籠を持ち、あるいはカートを引っ張って集まってくる。かつての日本でも籠を手に買い物をしたが、いつの間にか姿を消し、店のビニール袋に頼るようになった。最近、資源保護の一環として、買い物籠を見直す動きが出てきた。レジで袋持参ということを示せば、買い物ポイントをくれるスーパーも増えた。

白黒テレビ。カラーテレビが登場してからも、わが家では長い間、白黒テレビを観《み》ていた。だから、子ども時代に観た番組はすべて白黒だと思っていたが、カラー作品もたくさんあったことを、あとで知った。あれほどテレビ漬《づ》けになっていたのに、ほかのことをする暇がよくあったなあと思うほど、いろいろな番組を観ていた。絵を描いたり、本を読んだり、外で遊んだりも十分していたので、子ども時代にはよほど時間がゆったりと流れていたに違いない。

電話嫌いと手紙好き

小さいころ、わが家に電話はなかった。まだ、そういう時代だった。

親が近所に電話を借りに行ったり、電話の呼び出しを受けたりしていたことを覚えている。間もなく、わが家にも電話がやって来た。僕が初めて電話をかけたのは、親戚《しんせき》の家から自分の家に、である。どうしゃべっていいのか分からず黙っていたら、母が「もしもし」と言うので、思わず「はい」と答えてしまい、どっちがかけたのか分からなくなった。

以来、電話は苦手である。できればかけたくないし、出たくない。だから、誰《だれ》もが携帯電話の液晶画面とにらめっこしている世のなかになっても、僕は持っていない。あれば便利だろうと思うときもある。特に、約束の時間に遅れそうな場合はそう思う。交通事故を起こしたときも、すぐ警察に連絡できるとか、道に迷っても相手に尋ねながら行けるとか、きっと役に立つことは多いだろう。

しかし、携帯電話はいまや、単なる電話というだけにとどまらず、いろいろな機能を兼ね備えているので、かえってわずらわしい——などとアレコレ言っても、そのうち持つようになるだろう。なぜなら、テレホンカードが出たときも、使い始めたのは随分あとになってからだったが、いまは常に〝携帯〟している。

電話は苦手だが、手紙は出すのも、もらうのも好きである。下宿時代の家族との往復書簡、妻と結婚する前のやりとり。フランスに留学していたときは五百通を超えた。おそらく、僕のような人間は稀《まれ》だと思うが、小学校時代からの手紙類をすべて残してある。ハガキ七円、封書十五円のころからである。これらを詰め込んだ箱を捨てることができたら、どんなに収納庫が

「郵便ポスト」

ポストに入っているのが、ダイレクト・メールやチラシだけになってはつまらない。ポストを開けて、海外の美しい切手が貼《は》られた郵便物が届いたときほど、胸がときめくことはない。

すっきりすることか。

それがどういうわけか、子どもが生まれてからは筆無精の部類に入ってしまった。

電子メールなら手っ取り早いだろうと始めたが、郵便ポストは毎日のぞいても、パソコンのメールボックスは毎日開けていない。

手紙なら、美しい切手一枚でも送り主の心遣いが感じられるし、電波ではなく郵便配達人によって届けられるので、人情味が数段あると思う。

ジーコ、ジーコと回すダイヤル式電話が、この世から消えるのは時間の問題だろう。しかし手紙には、そういう運命をたどってほしくない。

息子が自転車に乗れた日

僕の風景画には、しばしば自転車が登場する。別に意識しているわけではなく、描きたいと思う家の傍《そば》に、よく自転車が置かれているだけのことである。

さりげなく置かれた自転車をあえて省略せず、画面のなかに描き入れるのは、自転車に対する愛着からだろうか。駅前に放置されたような大量の自転車は描く気がしないが、建物の前にポツンと置かれた自転車は、まるでその家の住人のような気がして、なんとも人間的に見えてくる。

思えば自転車に初めて乗ったのは、いつのころだろうか。父に後ろを支えてもらい、練習したことははっきりと覚えている。

小学一年生で大きめの自転車を買ってもらい、中学に入る前には、大人用の通学自転車をあてがわれた。当時、友達は変速機が付いた流行のサイクリング車を乗り回していたが、僕たち兄弟は頑丈《がんじょう》で実用的な大人用の自転車だった。通学時に双子の兄と並んでペダルを漕《こ》いでいると、足の動かし方まで同じだと言われたことがあった。そういえば冬の日、二人もろとも凍った水たまりで滑《すべ》ったこともあった。

この自転車で、天理から京都の下宿先まで初めて行ったときは、後ろの荷台には炊飯器とお土産《みやげ》のイチゴ、前の籠《かご》には雑貨類や地図など、かなりの装備であった。雨に濡《ぬ》れ、道に迷うなか、坂道あり、ダンプとの接近遭遇《そうぐう》あり、ひざ打ちありと散々な目に遭《あ》い、五時間ほどかけてようやく下宿にたどり着いた。

大学時代に、自転車マニアの友達に自転車を組み立ててもらったことがあった。廃品と買ってきた部品で、待望の変速機付きサイクリング車が出来上がった。僕は、どこへ行くにもリュックを背負い、その自転車で颯爽《さっそう》と出かけた。あるとき、大学からの下り坂でハンドル操作を誤り、思いっきりこけて顔面を

「昼下がり」
真夏の午後。絵を描きながら、うたた寝するのはしょっちゅうだが、折りたたみ椅子《いす》ごと倒れたのは初めて。思わず辺りを見渡したが、誰《だれ》もいない。まるで白昼夢を見ていたようだった。

血だらけにして下宿へ帰ったことがあった。

わが息子は三輪車は下手《へた》だったが、コマ付きの自転車にはすぐ乗れた。問題はコマなし自転車だ。小学校入学を前に、近所の子どもたちがコマなしに乗っているのを見て、親として遅れをとってなるものかと焦《あせ》った。手を離して進めるようになってからは上達が著しく、いきなり二、三十メートル乗れるようになったときは、まるでわが事のように感動した。父もきっと、この感動を味わったのだろう。

自転車で風を切りながら走るのが、僕はいまでも好きである。

本の世界に遊ぶ

学生時代、本に囲まれた場所にいるだけで心が落ち着いた。

小学校で初めて借りた本は『おばあさんの飛行機』。三年生のころには、五百ページもある『メアリー・ポピンズ』を読破し、その面白《おもしろ》さはいまでも忘れることができない。四年生のときにはシャーロック・ホームズなど、ありとあらゆる推理小説に夢中になり、探偵《たんてい》気取りだった。五年生では、『地球最後の日』などのSF小説に興味が移り、そのほか、外国の名作『鉄仮面』や『紅はこべ』などにもはまった。そして、六年生になると、友達に薦《すす》められて読んだアーサー・ランサムの『ツバメ号とアマゾン号』シリーズに出合い、十二巻すべてが僕の愛読

「若江《わかえ》の家」

中山正善・二代真柱様が大阪で高校時代を過ごされた建物。昭和30年に天理大学のキャンパス内に移築された。洋風の建物は昔から目を引いたが、周辺はすっかり様変わりした。

書となった。いま考えると不思議なのだが、子どものころは、本の世界にすんなり入り込むことができた。

だから、行ったこともないイギリスの湖水地方を思い浮かべるのも容易だし、会ったこともない主人公たちとも、すぐ友達になれる。まさに『赤毛のアン』のように想像力豊かな自分がいた。

映画スターを本の主人公に置き換えて読むこともあった。映画を観《み》てから読むか、読んでから観るかは迷うところだが、たいていの場合は観たあとでも小説は裏切らない。中学生のころに読んだ『居酒屋』『風と共に去りぬ』『レベッカ』『嵐《あらし》が丘』『日はまた昇る』などは、映画にない奥行きを感じ、長編にもかかわらず一気に読み通した。

国語の教科書や、試験問題に出てくる小説の一部に刺激され、読み始めることも多かった。父の書棚に日本文学全集が並んでいたこともあって、山本有三《やまもとゆうぞう》、武者小路実篤《むしゃのこうじさねあつ》、志賀直哉《しがなおや》、有島《ありしま》武郎《たけお》、田山花袋《たやまかたい》といった作家の本は、ひと通り読んだ。これらの本は、悩める十代であった僕に多くの示唆《しさ》を与えてくれた。

そして、中学時代が間もなく終わろうとするころ、太宰治《だざいおさむ》の作品に出合い、衝撃を受けた。高校時代は彼の作品を片っ端から読み、のめりこんだ。彼独特の文体が心地よく、共感するところもあったように思う。

大学受験に失敗したあと、僕の心を救ってくれたのは、ドストエフスキーの『罪と罰』、トルストイの『アンナ・カレーニナ』である。受験勉強の真っただ中、これらの重厚な文芸大作を読むことによって、「なんでも来い！」の心境になり、荒波を乗り越えることができたと信じている。

本は、その後も僕の友であり続けている。ただ、年を重ねるにつれ、小説を読む気力が失われ、現在はもっぱら随筆中心である。かつて、本の世界を自由に行き来していたあのころが懐かしく、同時に、やはり若いうちに良書に出合うことは一生の宝だと実感している。

夜ごとの読み聞かせ

毎晩、子どもたちに本を読み聞かせている。ときには、図書館で借りてきた紙芝居をすることもある。子どもからの希望もあるが、自分でもそうしようと心がけている。本の楽しみを共に分かち合いたいからだ。

寝る前に、彼らは必ず「きょう、本読んでくれる?」と確認しに来る。期待しているな、ヨシヨシと内心思いながら、「早く寝る用意ができたらね」と、さりげなく寝支度《じたく》を促す。そういう魂胆《こんたん》もあるが、せがまれるのは、やはり嬉《うれ》しい。

読む本は、お父さんにお任せの日もあれば、自分たちが読んでもらいたい本をあらかじめ用意している日もある。その本が子どもの間で異なるときは、読んでもらえない子どもがすねる。

　僕が子どものころ、寝る前に親に本を読んでもらったかどうかは覚えていない。ただ、父が添い寝をしながら、われわれ姉弟三人に、自作の「どんどん話」をしてくれたことはよく覚えている。その話は、たしか姉の真木子《まきこ》をモデルにした〝まっこちゃん〟という女の子が主人公で、山のなかで道に迷い、どんどんどんどん歩いていくと、灯《あか》りのついた一軒家にたどり着く。そこには白髪を振り乱した恐ろしい山姥《やまんば》が住んでいるのだが、実は心優しく、お粥《かゆ》を食べさせてくれるというストーリーだったように思う。

　父の話し方は巧妙だったし、電気を消した暗闇《くらやみ》のなかで話すので、いっそう臨場感があって、現実の話なのか、おとぎ話なのか区別がつかなかった。怖くてドキドキしたが、話の結びがほのぼのとしているのは、怖がりの僕らに対する父の配慮だったのだろう。

　後年、父ががんに侵されて亡くなる前、「生い立ちの記」という自分史を書きつづっていた。そこで、この話のことを思い

「雪の日」

かつて、大雪警報が発令されたときに描いた絵。最近は、このような雪景色を見ることはほとんどない。朝起きると、妙に外が明るく、障子を開けると一面の銀世界！……という経験を、わが子にもさせたい。

出し、文章に残してほしいと頼んでみたが、それだけの気力はなかったようだ。

子どもに読み聞かせをしていて困ることが二つある。一つは、子どもを寝かしつけるために読んでいるのに、こちらまで一緒に寝てしまうことである。「ハイ、お休み」と、すぐ寝床から離れればいいものを、「一緒に寝てよ」という子どもの頼みについ後ろ髪を引かれ、目を開けていたつもりが、目覚めれば真夜中。これが毎晩のように続く。

もう一つ、困ることがある。以前、子ども向きの絵本『ヘレン・ケラー』を読んでいて、不覚にも泣きそうになった。以後、気をつけていたが、『だいじょうぶ　だいじょうぶ』という絵本を読んだときは、とうとう泣いてしまった。おじいさんと孫の話だが、つい病床の父のことを思い出したのである。

そんなこんなの読み聞かせだが、「昔、お父さんは寝る前によく本を読んでくれた」と、子どもたちに思い出してもらえるくらい、これからも読み聞かせを続けるつもりでいる。

男子厨房に立つべし

食べることが好きだし、料理をするのも好きである。そのうえ、皿洗いも苦にならない。

子どものころ、とりたてて熱心に料理を手伝っていたわけではないが、母のすることをよく見ていた。割烹着《かっぽうぎ》を身につけた母が、毎年作るおせち料理。その匂《にお》いをかぐと、年末がやって来たことを知った。きんとんのサツマイモを、木のしゃもじを使って裏ごしするのが僕らの役目だった。お目当ては、出来上がって鍋《なべ》の底に残ったきんとんを嘗《な》めさせてもらうことだった。

水炊きのときは、大根おろしとポン酢で食べたあと、僕たち姉弟のスープ作りが始まる。つまり、だしの効《き》いた汁を器に取

り、それぞれが醤油《しょうゆ》、塩、こしょうなどを加えて味つけをし、誰《だれ》のスープがおいしいかを競うのである。

すき焼きとなると、父の出番である。肉をどかっと鍋に入れ、砂糖と醤油で豪快に味をつける。その二つがうまくバランスを保たないと、おいしくない。目下《もっか》、僕もそれを受け継いでやっているが、手本になっているのは、やはり父の味である。

昔はよく口にした鯨《くじら》のカツ、さほど積極的に食べなかった七《なな》草粥《くさがゆ》や小豆《あずき》粥、かす汁。あるいは、お腹《なか》をこわしたときに作ってくれた豆腐の卵とじ、すりりんご。そして、手作りのお菓子……。子ども時代、決して贅沢《ぜいたく》ではないが、母の手料理による豊かな食卓があった。

大学四年間の下宿生活で、僕はマメに自炊をし、ワンダーフオーゲル部でもアウトドアクッキングに親しみ、料理の楽しみ

「大衆食堂」

名前の通り、ふと立ち寄ってひと休みしたくなる。きっと暑いときには涼しげな、寒いときには体を温めてくれるメニューが並んでいるのだろう。

に目覚めた。食材を求めるのも、小さいころから親について行っていたので、いかに旬のものを安く購入し、バラエティーに富んだ内容にするかは、だいたい心得ている。

料理をしながらいつも思うことだが、野菜、肉、魚などの命あるものに触れて調理をしていると、自分の体内に命を取り込んでいるような感じを覚える。庭いじりと同じ感覚だ。命あるものを「いただきます」と食べることは、その栄養分などを吸収することにほかならないが、料理の段階でも、五感で確実に生命力を吸収している気がする。

だから、インスタントになって便利になると、そのような食材に触れることなく料理が出来上がってしまうので、なんとも味気ない。

子どもたちには、食べる楽しさだけでなく、生の食材に触れさせて料理する喜びも伝えていきたい。

食の教育

スーパーマーケットの食料品売り場に出かけ、あれこれ品定めをするのは楽しい。

しかし、その膨大《ぼうだい》な量の食品を見て回るうち、目がくらくらすることがある。たくさんありすぎて迷ってしまうというレベルではなく、本当にこれだけの食品が必要なのかと考え込んでしまうからだ。

お菓子だけでも、おびただしい種類がある。いまの子どもたちは、童話『ヘンゼルとグレーテル』に登場するお菓子の家の話を聞いても、生唾《なまつば》が出るような興奮は覚えないだろう。

旬の食材も一年中出回っているし、ドレッシングやタレはも

「パン屋」

無類のパン好きである僕にとって、焼きたてのパンを売る店が近くにあるのは、とても嬉《うれ》しい。旅先でも、朝食がバイキング形式であれば、必ずパンを選ぶ。もちろんお米も大好きだが、一日一回はパンを食べたい。

とより、和《あ》え物や魚の煮つけの素《もと》までスーパーで売っているご時世である。なんでも便利でお手軽、それなりの味を楽しむことができ、胃袋は簡単に満たされるが、これが本当の豊かさなのだろうか。

好き嫌いがひどい子どもたち、学校給食を大量に残す、いまどきの生徒たちのことを思い浮かべるとき、豊かさとは名ばかりだと言わざるを得ない。なんでもおいしく頂くことが、心も体も本当に満たされる食べ方ではないかと思う。

大阪の国立民族学博物館に行くと、世界の生活文化についてのビデオをよく観《み》る。

ドイツ（西ドイツ時代に撮《と》られたフィルムだが）のソーセージ作りでは、郊外に住む家族が、一頭の豚《ぶた》を解体する様子が映し出される。あまりに残酷《ざんこく》なシーンに、隣で観ていた娘の目を思わず覆《おお》ってしまったが、画面上では、その家族の娘はしっかりと目を見開いていた。

そういえば、エジプトの犠牲祭では、一家の主《あるじ》が動物を殺し、子どもたちが絶命した動物の血を手につけ、家の壁などあちこちの場所にこすりつけ、魔よけにすると聞いた。

話をソーセージに戻す。豚の巨体は、目玉と蹄《ひづめ》以外はすべて用いられ、血の一滴、臓物一つも無駄《むだ》にすることなく、個性的なソーセージが次々と作り出されていく。一頭で三カ月分の家族の食料になるそうだ。

最後に、それらを家族・親族で幸せそうに食べる表情が、なんとも印象的であった。豊かさは量ではないと、はっきり分かる映像で、人間の生活の原点を見る思いがした。

昨今のＢＳＥ（狂牛病《きょうぎゅうびょう》）や鳥インフルエンザに見られるように、世界中の食品にもいろいろな問題が生じている。野菜にせよ魚介類や肉類にせよ、私たち人間は、ほかの生命によって生かされている。それらの命に、そして命を生み育《はぐく》んでくれる神様に、人間はもっと感謝すべきではないか。命を頂いていると思えば、人間はもっと謙虚になれるはずだ。

ポートレート

わが青春はイングリッド・バーグマンと共にあった——と言えば、戦前生まれかと誤解されそうだが、僕が生まれたのは彼女が四十五歳のときだ。

小学五年生のとき、テレビ番組で〝見初《そ》め〟て以来、彼女の映画は、ただの一本も見逃すまいと映画館へ通った。そのときは、デートと同じくらい胸をときめかせたものだ。

かつて、これほどまでにクローズアップの美しい女優がいたであろうか。メークでごまかさない素顔の美しさに打ちのめされ、その大写しの表情に陶酔《とうすい》した。

僕は彫りの深い西洋人の顔が好きで、凹凸《おうとつ》のはっきりした顔

「M嬢」

結婚前、僕の下宿で妻を描いた記念碑的作品。アクリル絵の具で一気に描き上げた。さりげなく手に指輪が光っているのが分かるだろうか。

を好んで描《か》く。だから、日本人の顔を描くにも、陰影のある顔の方が描きやすい。そういったマスクを描きたいという願望を満たしてくれたのは、なにを隠そう僕の妻である。

同じ大学で、片や美術を、片や音楽を専攻していたが、ずっと先輩・後輩で、おぢばの学校で学んだ間柄である。お互い顔見知りではあったが、ひと目見て、絵に描きたいという衝動に駆られた。

妻はバイオリンを専攻しており、その音色《ねいろ》に魅了されたこともあるし、大勢のオーケストラのなかでも、バイオリンを弾く彼女の姿にだけ視線が吸い寄せられていた。モデルの申し込みはあえなく未遂に終わり、空想で描いたエッチングのポートレート（肖像画）だけが残った。

だが、卒業後も演奏会の追っかけが続き、ふとしたことから思いがけず付き合いが始まり、念願の絵を描くことができたのである。もちろんバーグマン本人ではないが、〝バーグマン〟はいろいろに姿を変えて僕の前に現れた。

描きたいと強く念じることは大切である。いつかチャンスは到来する。

異文化を学ぶということで、チベットの女性歌手を天理中学校に招いたときも、その情熱的な人柄に惹《ひ》かれ、お願いして絵を描かせてもらった。

またあるとき、天理市内の道友社ギャラリーをのぞいたら、川上美也子《かわかみみやこ》さんの書道展が開かれていた。川上さんは脳性マヒの体で五人の子どもを産み育て、その奮闘記の書名に使われた〝カルガモ母さん〟の愛称で広く知られている。僕は川上さんの書をひと目見るなり、いたく感銘し、写真で紹介されていた、書に取り組む川上さんの姿にビビッとくるものがあった。

川上さんは毎月欠かさず、東京から天理教教会本部の月次祭《つきなみさい》に参拝している。あるとき、おぢばに帰った川上さんにモデルを務めてもらうことになった。僕好みの彫りの深い顔には、これまでの苦難を乗り越えてきた強さと、信仰に根ざした穏やかさが満ちていた。

木かげと陽だまり

遠くへ行きたい

一人旅の醍醐味《だいごみ》を知ったのは、大学時代であった。ワンダーフォーゲル部で上高地《かみこうち》へ出かけたときのこと。みんなで涸沢《からさわ》や蝶ヶ岳《ちょうがたけ》を回ったあと、一人で徳本峠《とくごうとうげ》を越えて帰ることにした。このコースはバスが通じていなかったころの上高地へのメーンルートで、昔ながらの山小屋もある。「わが国近代登山の父」と呼ばれるウォルター・ウェストン氏は、この峠から見る明神岳《みょうじんだけ》や穂高《ほだか》連峰に涙を流したという。

道のりは長く、ほかの登山者とも出会わないので、戦国末期の武将、三木秀綱《みつきひでつな》の奥方が木こりに殺されたという場所を通るときは、実際に大男が出てきそうでビビってしまった。

また、ルートの途中で沢に立ち寄り、顔を洗って、ひょいと頭を上げると、五、六匹の野生のサルが突然目の前に現れたので驚いた。ニホンカモシカとも間近で対面できた。話に聞いていたタラの芽の天ぷらを、この夜、山小屋で初めて食べた。

とにかく一つひとつの体験が、仲間と一緒のときとは決定的に違った。感動を共有できない点は、逆に感動を独り占めできるという点で補って余りある。新田次郎《にったじろう》の山岳小説『孤高の人』を読んでからは、ますます山登りの単独行に憧《あこが》れた。

その後、沖縄の西表島《いりおもてじま》に行ってからは、海の魅力にも取りつかれた。鳥取方面へテントを担いでスケッチ旅行にふらりと出かけたこともある。透《す》き通るような日本海の美しさに、衝動的に素っ裸で飛び込んだり、夜の鳥取砂丘では、海に浮かぶ漁火《いさりび》がステージを照らすライトのようで、思わずボレロを踊ってみたり……。一人旅は羽目《はめ》をはずせるのである。

大学を卒業して教師になっても、山への思いは募るばかり。周遊券で北海道の地を踏んだのは、折しも青函《せいかん》連絡船が廃止される年だった。好天をねらってニセコアンヌプリを極め、大雪《だいせっ》

「湖北の春」

ずいぶん前になるが、京都の伏見《ふしみ》、滋賀の近江八幡《おうみはちまん》などをスケッチして歩いたことがあった。ここ余呉《よご》湖では、遠くの山はまだ雪を頂いていたが、ちょうど雑木が芽吹き、ツクシやフキノトウが群生していた。

山《ざん》を黒岳《くろだけ》まで縦走。利尻島《りしりとう》へ渡って利尻岳に登り、天売島《てうりとう》、礼《れ》文島《ぶんとう》を歩き回った。壮大な自然を満喫し（大雪山ではヒグマに遭遇《そうぐう》）、北海道の味覚に酔いしれ、そしてなにより多くの人々との出会いがあった。

札幌《さっぽろ》でたまたま入った食堂に、僕の知っている天理の人の名前が書かれた小包が置いてあり、もしやと思い、食堂の人に尋ねてみると、果たしてその人だった。お互い、大いに驚いたことはいうまでもない。ささいなきっかけで、全く赤の他人とも心が通じ合う、これこそが一人旅の醍醐味かもしれない。

旅人同士というのは気を許しやすいのか、つい悩みごとや愚《ぐ》痴《ち》などもこぼしてしまう。口にした途端、風呂に入って垢《あか》を落としたように身も心もすっきりする。どの県出身かが出身国と同じくらい重要な話題になり、関西というだけでも同郷という感じがして、ローカルな話題に花咲くこともある。

現在は、たまに子ども中心の家族旅行に出かけ、子どもの喜ぶ様子を見て満足しているが、ときには『遠くへ行きたい』の歌を口ずさみ、ふらり一人旅に出かけたくなる。

好奇心と笑顔と少しのユーモア

僕が世界へ目を向けるようになったきっかけは、小学生のとき、父がそろえてくれた『世界の旅』という全集かもしれない。きれいなカラー写真だけでなく、レコードが一枚ずつ付いており、音楽を通しても、いろいろなお国柄に親しむことができた。『マドモアゼル・ド・パリ』『ラ・メール』といったフランスのシャンソン、スイスのヨーデル、ドイツ民謡『ローレライ』、いかにもアメリカ的な『ショーほど素敵な商売はない』『思い出のサンフランシスコ』、イスラエル民謡『ハバナギラ』、インドネシアの『かわいいあの娘』、アルゼンチンの『花祭り』……。気に入った曲を繰り返し聴くうち、まだ見ぬ異国の地へと、

心は翼《つばさ》をつけて飛んでいった。

長い間、外国に行くなんて夢のまた夢と思い込んでいた。映画『ローマの休日』でオードリー・ヘップバーンがジェラート（イタリア風アイスクリーム）を食べながら下りてくる石段に、まさか自分が立つ⁉ なんて、信じられないことが現実となったのは、教員生活三年目の夏だった。

初の海外旅行に選んだ国は、イタリアとフランス。イタリアの地に降り立ち、バスに乗り込んだとき、イタリア人の体臭らしきものをぷんと感じ、僕はいまイタリアに来ているんだと実感した。夜、ホテルで横になると、外から聞こえてくる街の声が、まるでソフィア・ローレンとマルチェロ・マストロヤンニのやりとりのようだった。

普段は小心者の僕も、なぜか海外では大胆になる。ツアー旅行には一度も参加したことはなく、行き先は自分で決める。気に入った町でじっくり腰を据えたいので、ホテルも成り行き任せの行き当たりばったり。都会より田舎志向で、観光地から離れ、土と緑の匂《にお》いがする場所ほど満足度が増す。

「スペイン　コンバーロ」

6歳の少年と知り合ったのは、この絵を描いていたとき。トラクターに乗って遊んでいる彼を絵に描くと、おじいさんやおばあさん、お母さんやお兄ちゃんも、みんな外に出てきて話が弾《はず》んだ。

ならば肝心の語学力はどうだ？

勤務する天理中学校で、試験の監督をしながら英語のリスニングテストを聴く機会があるが、一年生の内容は分かっても、それ以上だと怪しくなるレベル。映画や音楽などを通して、外国語には比較的多く接しているのに、しゃべるとなると母国語でもしどろもどろで自信がない。

それでもなんとかなるのは、なるべく現地の言葉を使おうと努力することと、好奇心と笑顔と、少しのユーモアのおかげではないかと自負している。言葉が通じなくても、心が通じ合うことは、どの国を旅しても実感することだ。

中国まで、ちょっと家庭訪問

中国に行きたいと思っていた矢先、担任が決まったクラスに中国籍の生徒がいた。これはもう、行きなさいという神様のおはからい(?・)のように思えた。夏休みに家族で天津《てんしん》の実家に里帰りするというので、それに合わせて一人で訪中することにした。家庭訪問でちょっと中国まで、なんて、スケールの大きい話ではないか。

旅の目的の一つは、蘇州《そしゅう》辺りの風景を描くことだった。ところが、中国入りしてからは、人間抜きで風景は描けないことを発見した。老若男女、外に出て涼んだり、食事をしたり、散髪をしたり、とにかくどの家も内と外とが同じ生活空間なのだ。

日本では忘れられた風景がそこにあるのを見つけ、興奮した。

だが、雨にたたられたことと、人前で絵を描くのがはばかられ、写真も撮《と》れずに欲求不満に陥った。それでどうしたかというと、毎日の食事をスケッチすることで、なんとか気を紛《まぎ》らわした。


中華料理がなにより好きな僕にとっては、本場の料理が食べたくて中国まで旅をしたといっても過言ではない。だが、四日目にして腹を下し、脂《あぶら》っこいものには用心するようになった。それでも食に対するこだわりは恐ろしい。記録を取り始めると、いろいろなものに挑戦してみたくなる。分からない料理名や食材は、店員さんに聞くと、親切に書いて教えてくれた。

知り合ったホテルの従業員や、教え子の家族たちと、テーブルを囲んで話をしながら食べるのがおいしかった。やっぱり中華料理は人と一緒に食べたい。

中国といえば自転車天国。まるで、教会本部の神殿から天理中学校までの、参拝を終えた生徒たちの自転車群の登校風景を見るようだった。あれでよく衝突事故が起きないものだと思っていたら、自分が自転車とぶつかった。幸い、お互いにケガをすることもなく、ちょっとした話の種になったくらいで済んだ。また、雨の日は片手運転で傘《かさ》を差すのではなく、濡《ぬ》れたくない人は色とりどりの雨合羽《あまがっぱ》を着ている。日本と違うのは、自転車の前の籠《かご》も、すっぽり覆《おお》ってしまっているところだ。

列車は軟座と硬座の両方を体験できた。軟座に比べて料金が半額くらいの硬座では、庶民の普段の様子を興味深く観察することができた。口から内臓が飛び出るほど振動するバスにも乗った。教え子に会いに行くために利用した、上海から天津までの夜行列車では、あいにく熱が出てしんどかったが、乗り合わせた中国人青年とタイから来た母娘に親切にしてもらい、良き思い出となった。

アジアを旅したのは、このときが初めて。同じ東洋人で漢字も通じるだろうと、気楽に臨んだが、似たような顔でありながら異なる言語で話されると、かえって気疲れすることを知った。そんなとき、心を和らげてくれたのは人々の「笑顔」。初めての中国旅行は、それを教えてくれた。

「食事スケッチ」

注文はしたものの、なにが出てくるか分からない。このスリルは、写真入りでメニューが説明されている日本では味わえない。それが、とびきりおいしかったときの感激は格別だ。

絵になる街・パリ

道友社からのフランス派遣留学中、アントニーからパリまでＲＥＲ（高速郊外線）の定期券を毎月購入し、刺激と画材を求めて〝芸術の都〟へとよく出かけた。

パリでは、列車内で居眠りをする人は皆無に等しい。それは、行き先を告げる車内放送もなければ、ドアを自分で開けなければならないせいもあるだろう。僕は電車に乗ると、すぐウトウトするタイプだが、フランスではパリっ子たちの観察に余念がなく、居眠り知らずの一年を過ごした。

パリは街全体が、そのまま美術館のようである。アパルトマンの煙突や排気筒が林立する家並み、窓、通りのプレート、石《いし》

畳《だたみ》、街灯、ベンチ、街路樹……歴史を感じさせる小道具がすべてそろっている。

　街角や駅構内に張ってある大きなポスターは、どれも奇抜で垢抜《あかぬ》けしていて目を引く。落書きの多さには驚いたが、それさえ芸術的に見えるのはパリだからだろうか。ただし、なにが書かれているのか、フランス人に聞いても分からないということだった。

　絵になるのは風景だけではない。

　パリ市内にはたくさんの公園があり、四季を通じて多くの人がくつろいでいる。カフェにも人が集まる。そんな人たちの一挙一動を絵に描き残したくなるほど、さまになっているのだ。モデルのようにブランド品で身を包み、着飾っているわけではない。一人ひとりが個性的で、さりげないオシャレを楽しんでいる。公園でもカフェでも、思い思いに時を過ごし、それぞれの空間を独立させながら、不思議と全体が調和していて、一幅《いっぷく》の完成された美しい絵になっているのだ。

　僕は、グラン・ショミエールという絵画学校に足繁《しげ》く通って

「パリの街角」
パリはどこを切り取っても絵になる。ほとんどがアパルトマンと呼ばれる集合住宅で、昔のフランス映画そのままの雰囲気が残っている。

いた。その初日、カルトン（デッサン用の紙ばさみ）を持ったパリジェンヌたちがぞろぞろ建物に入っていくので、ワクワクしながら教室に入ると、そこに彼女たちの姿はなく、初老のおじさんやおばさん、東洋人などで溢《あふ》れていた。

モデルの固定ポーズは一回四十五分。十五分の休憩を挟《はさ》んで、それを三回繰り返す。日本では考えられないモデルの忍耐力で、立ちポーズでさえ同じ時間だ。僕はどちらかといえば、短時間で大胆なポーズを次々にとってくれるクロッキーの方が好きで、その日を選んで出かけた。

モデルのポーズが美しいのはもちろんだが、休憩時間に見せる、何げない仕草《しぐさ》がまた魅力的で、僕は休憩時間も筆を休めることはなかった。

歩けば歩くほど虜《とりこ》になる街、パリ。やっパリいい！　このひと言に尽きる。

「世界は狭い」

ごく普通のフランス人宅に上がり込みたいという願望をもって、僕はフランスへ渡った。そして、着いた翌日には早くも、見知らぬフランス人宅に上がり込んでいた。しかし、それは自分のアパートに帰る道が分からなくなり、道を尋ねた人が地図を見せてくれるために招き入れてくれただけの、少々情けない場面だった。そのおばさんの家はこぎれいで、道に迷った不安も吹き飛んでしまった。

その後、ちゃんとした訪問という形で、何人かのフランス人宅を訪れる機会を得た。ミシェル・バニド氏もその一人。近所で絵を描いていたとき、彼から話しかけてきて知り合った。彼

「アントニーの店」

朝の光に映える店先の果物や野菜の色が美しい。すぐ近くに大きなスーパーマーケットがあるので、客が入るのかなと思って見ていたら、絵を描いている間にも、ひっきりなしに客の出入りがあった。

も絵を描いていると聞き、興味をそそられた。教えてもらった彼の家の前を通ると、ちょうど窓辺に彼がいた。彼は手を上げ、家から出てきて握手を交わし、僕を招き入れてくれた。こんなにあっけなく家に入っていいものかと、躊躇《ちゅうちょ》する暇《いとま》もなかった。

彼は絵描きというわけではなく、僕と同様、本職は中学校の教員だった。ますます意気投合し、彼との交流が始まった。マダム（夫人）はエレーヌといい、子どもたちはすでに立派な大人だった。

冬のある日、彼の家に正式に招かれた。薪《まき》をくべた暖炉が赤々と燃え、十四年も飼っている猫が置き物のように眠っていた。コーヒーとフルーツケーキを出してくれ、食べにくそうにしていたら、マダムが気を利《き》かしてナプキンや皿を用意してくれた。話が一段落したところで、夫妻の絵を描かせてもらった。絵は三十分ほどで出来上がり、二人は口をそろえて「セ・ビアン（とってもいい）」と連発した。

その後、夫妻をわが家にもお招きした。「アンパン」を試食してもらったり、日本の婦人雑誌を見せたり、折り鶴《づる》を一緒に折ったりして、つかの間の〝日仏親善〟を楽しんだ。折り紙は夫妻とも経験がなく、初めは簡単だと言っていた二人も、だんだん手元があやしくなり、手を貸して、ようやく折り上がった。二人は感動の面持《おもも》ちで、心から喜んでくれた。

三月には夫妻が、パリから南へ七キロのシャトネイにある、シャトーブリアン（ロマン派の詩人）の家に案内してくれた。建物内に入って一緒に見学していると、どこかで見たような日本人の顔。僕の教え子のNさんだった。天理大学フランス学科（当時）を卒業し、旅行中ということだった。バニド氏にそのことを話すと、「世界は狭い」と大いに驚いた。

あれから十年以上の歳月が流れる。

バニド夫妻は二人の孫の祖父母となり、僕たち夫婦には二人の子どもが授かった。お互いにそれを祝福し合い、プレゼントを交換したりして、いまでも親しくお付き合いさせてもらっている。僕の意識のうえでは、フランスは〝ご近所〟感覚である。人間、親しい間柄になれば「世界は狭い」。

「嵐が丘」の地を訪ねて

イギリスを旅すると決めたとき、ある地名が頭から離れなかった。イングランド北部に位置する村、ハワースである。

子どものころ、映画や小説で深い感銘を受けたエミリー・ブロンテ著『嵐《あらし》が丘』の舞台となったこの荒野を、念願かなってようやく訪れた。荒野を歩きながら、あまりの美しさに途中、スケッチや写真撮影のために、何度も立ち止まらなければならなかった。

大空と広い丘に、石積みの囲いがどこまでも続く。遠くになにやら白くうごめいているのは、よく見ると羊の群れだった。ゲートを越えて入ると、羊たちににらまれ、彼らの領地に侵入しているような気になる。

石造りの家には、寄せ植えされた色とりどりの花々。これが見事にマッチしており、目を楽しませてくれる。ずっと歩いていくと、丘の上に建つ古い一軒家が時々現れる。このようなシチュエーションに僕は弱い。一年を通して絵にしたいくらいだ。

ハワースの絵をずっと描き続けている若い女流画家、サラ・ハットンさんと出会った。とても威勢《いせい》のいい人で、絵も伸び伸びとしている。彼女の作品がとても気に入ったので買い求めた。僕が絵にした同じ一軒家を、四シーズン通して描いた作品と、羊の小さな版画である。フランスに戻ったあと、彼女から手紙が届いた。ヒースの花の押し花が同封してあった。

ハワースで泊まったＢ＆Ｂ（ベッド・アンド・ブレックファースト の略。宿泊施設）のご主人は、いつも鼻歌まじりでボリュームたっぷりのイングリッシュ・ブレックファースト（英国風朝食）を運んでくれる。一つのテーブルを囲み、同宿の人と一緒に食べるのだ。

滞在中、アメリカから来た母親に娘二人と、大いに話が弾《はず》ん

「B&Bの食器棚」

B&Bの食堂に置かれた食器棚は、とても深い茶色で、整然と並べられた渋い食器を引き立てていた。よく見ると、食器はドイツ製だった。

だ。母親とはイギリスやアメリカの女流作家について話が通じたし、子どもたちとは折り紙遊びもできた。ここが気に入り、離れがたくなって、二日の滞在予定をもう二日延ばすことにした。一方、彼女らは二週間滞在するという。

宿のご主人は、僕たちを一九六二年製で助手席もはずされた自分の車に乗せ、古い遺跡のあるワイカラーへ案内してくれた。奥さんはご主人に輪をかけて陽気で、大声で笑う。

ハワースを去るとき、彼らに「決してハワースを忘れない」と心を込めて言った。すると、すぐに「ハワースもあなたを忘れないだろう」と返ってきた。僕は思わず胸が熱くなった。そうか、絵を描くことで、あるいは歩き回ることで、その土地も僕のことを忘れないのだと思うと、ハワースという地が自分の一部になったような気がした。

サント・ヴィクトワール山

フランスの地方旅行（一）

美しい朝焼けを見ながら、寝台列車はアルルに到着した。八月、セミの声が聞きたくて（パリでは聞かない）、そして映画『マルセルの夏』の原作者マルセル・パニョルの世界に身を置きたくて、南フランスのプロヴァンスへと向かった。毎日が青空の連続だったので、ここでは晴れない日はないとさえ思われた。

中心都市エクス・アン・プロヴァンスでは、セザンヌがよく描いたサント・ヴィクトワール山に登るべく、案内所で山登りのための地図を手に入れた。このあと、ふと立ち寄ったギャラリーで、日本の旅行代理店のパンフレットに絵を描いたことの

「サン・レミ・ド・プロヴァンスのホテル」

十九世紀に建てられたホテル。中は〝お化け屋敷〟のようだった。朝食はこの庭で、花とブロンドの髪の女性を眺《なが》めながらカフェオレを飲めるのが最高！

ある画家ジャン・ピエールさんが個展を開いていた。サント・ヴィクトワール山のきれいな水彩画もあった。彼に「この山に登るつもりだ」と話すと、「以前、山火事があったから、夏の間は登れない」と出鼻をくじかれた。だが、登れなくても見るだけで十分と、翌朝、意気揚々《ようよう》と出発した。

白い山肌が燦然《さんぜん》と輝き、僕を招いているようだった。さほど遠くに感じられず、気づいたときには足を踏み出していた。たしかに山火事らしい焼け跡があった。山は登れば登るほど大きくなり、頂上が遠のいていく。まるでエベレストを征服した気分でたどり着いた山頂には、小さな子どもたちがいて拍子抜けした。

しばし、セザンヌの名画にもぐり込んだような満足感に浸《ひた》ったが、あとには、炎天下の車道歩きが待っていた。このときほど、日本ならどこにでもあるジュースの自動販売機があればと思ったことはなかった。

異国の名のある山に登ったのは初めての経験で、セザンヌの画集を開くたび、その空気までもが思い出される。

イル・ド・サン

フランスの地方旅行（二）

僕はパリの書店で、フランスの西北端ブルターニュ地方にまつわる本にかじりついていた。次のスケッチ場所を探すためだ。頭がもうろうとしてきたころ、ふと、ある写真集の表紙が目に飛び込んできた。

海辺に立つ白い壁の簡素な家。

ひと目見て、僕の心は決まった。イル・ド・サンという所らしい。どうかあまり遠くありませんように。祈るような気持ちで恐る恐るその場所を調べてみると、よりによって「果て」を意味するフィニステール県の、さらに西の果ての島であった。

ドゥアルヌネの港から、イル・ド・サン行きの船は出ていた。

ホテルの主人から船が揺れると聞いていたので、酔い止めの薬を飲み、船室の椅子《いす》に横たわり、ひたすら一時間三十分を耐え忍んだ。

島の全貌《ぜんぼう》が窓の向こうに見えたとき、僕は思わず甲板に躍《おど》り出て、手すりから身を乗り出した。期待通りの小さくて地味な島。シーズン・オフで人気《ひとけ》も少なく、天候も荒れて寂しいばかりの風景なのに、僕はまるで〝この世の楽園〟にたどり着いたような顔をして、島中を歩き回った。

「イル・ド・サンの港」

ブルターニュ地方特有の景色なのか、白い壁の建物が多い。窓の木枠や風よけに色が施してあるのがアクセントになって、とてもオシャレだ。

写真集で見た白い家が海辺にポツンと立っていた。雲の切れ間から日が差すと、神々《こうごう》しいばかりの美しさである。なにもかも吹き飛ばしそうな猛烈な風が吹くなか、絵の道具箱を広げた。風に逆らって飛ぶカモメが、時折、宙に静止しているさまを見ると、あたかも時間までもが止まったかのように思えてくる。

この時期、島のホテルは営業していない。あらかじめ分かっていたことだが、もしホテルが開いていたなら、何日も滞在して絵を描きたかった。

後ろ髪を引かれる思いで、帰りの船では終始、甲板に座り、ブルターニュの海に沈む夕日を心ゆくまで眺《なが》めた。その壮大な風景に見とれているうちに、完全に酔ってしまった。

ボルドーとノルマンディー地方

フランスの地方旅行(三)

ボルドーといえばワイン。そのボルドーから列車で三十分。フランス南西部の町サンテミリオンのワインシャトーを、天理教ボルドー教会のY氏に案内してもらった。ワインシャトーとは、ワインの醸造所がある館《やかた》をいう。

その一つに入る。カーヴと呼ばれる地下の酒蔵のなかは、思いのほか暖かい。大きな樽《たる》と、年代別に何段にも積まれたワインの瓶《びん》。初めて見る光景だった。試飲できるのも大きな魅力。流暢《りゅうちょう》なフランス語を話すY氏は、ワインの知識も豊富で、彼の講釈を聞いていると、ただカビ臭《くさ》い味も極上のワインの風味に思えてきて、帰りにはしっかりお土産《みやげ》の瓶を手にしていた。

ノルマンディー地方では、ルーアンに在住している画家、谷《たに》内《うち》こうた氏のお世話になった。谷内氏は、かつて『週刊新潮』の表紙絵を描いていた谷内六郎《ろくろう》氏の甥《おい》に当たる。六郎氏亡きあと、彼がその表紙絵をしばらく担当していた。アトリエを訪問したときは、まさにその時期だった。絵本もたくさん出版し、国際的な賞も受け、描きためた絵は日本でも発表されている。

ノルマンディーの田舎を見たいという僕の願いに、谷内氏はリオンスラフォレへ車を走らせてくれた。小さな町だが、当時、映画『ボヴァリー夫人』のロケに使われたというだけあって、木組みの古い家並みが残っていた。木々には花が咲き、温かい日差しを浴びながら、恍惚《こうこつ》状態でスケッチをした。裸木は、もはや冬の装いではなく、赤みがかって春の訪れを予感させた。

ルーアンから帰りの車窓、夕日が見えた。フランス滞在で最後の地方旅行。夕日が沈んだ。心のなかで、なにかが幕を閉じたように感じた。

「サンテミリオン」
ブドウ畑に囲まれたこの村は、どことなく南仏風で、ひと目見るなり虜《とりこ》になってしまった。

ヨーロッパ出張所のこと

フランス滞在中、天理教ヨーロッパ出張所へ参拝することを日課としていた。

片道二キロの道のりを歩く。この道中が、僕はたまらなく好きだった。通りすがりの旅人としてではなく、生活者の一人として、アントニーの町を眺《なが》めながら歩く。なにを見ても楽しく、さまざまな発見があり、決して飽きることはなかった。

外国生活で不安なことといえば、なにより体調を崩すことである。毎日を元気で過ごせることに感謝し、一日の始まりに出張所でおつとめを勤めさせていただくことは、何よりも心強く感じた。天理を遠く離れていても、親神様の懐《ふところ》に抱かれている

ヨーロッパ出張所

という確信が持てた。

出張所の月次祭《つきなみさい》は、毎月第二日曜日に勤められる。神殿はすべて椅子《いす》のため、正座をしない参拝は当初落ち着かなかったが、慣れると快適そのものである。第四日曜日は「ひのきしんデー」(子どもたちは鼓笛の練習)だった。僕も倉庫のペンキ塗《ぬ》りや、壁紙・絨毯《じゅうたん》張りといった、日本ではあまりしないことをさせていただいた。フランスでは職人に任せると経費が高い、時間がかかる、仕事が雑といわれているため、日曜大工がとても盛んで、なんでも自分でする術《すべ》が身についているらしい。

ほかに、婦人の集い、青年会が定期的に開かれる。九月にはヨーロッパ青年会総会が開催され、「天理教青年会会歌」も日本語、フランス語、英語の三カ国語で歌われるのには驚いた。十一月には、一般のフランス人を対象にした「陽気ぐらし講座」が行われた。お道の教えに関する講演のあと、日本食の模擬店やアトラクションがあり、妻はバイオリンを演奏し、僕は得意の似顔絵描きをした。

似顔絵は無料ということもあって、列ができるほどの盛況。

「サクランボ」

フランス・アビニョンのコンクールに出品して「奇跡」とまで評された思い出の作品。朝市で買ってきたサクランボをテーブルにぶちまけただけだが、光と影の鮮やかなハーモニーを奏でる題材になった。

二十六人ほどをノンストップで描きまくり、多くの人に喜んでいただいた。僕も少しは講座の宣伝をしようと、ビラ配りをしたところ、近所のフランス人がそろって来てくださったのには感激した。

異郷の地で布教をする苦労は、並大抵ではあるまい。言葉の壁を乗り越えて、お道の教えを伝える出張所の方々には、頭の下がる思いである。僕たち夫婦の赤ん坊同然の語学力でも、無事に生活できたのは、ひとえに出張所の方々のおかげである。

一年間の留学を終え、フランスを発《た》つ日、出張所で最後の参拝をさせていただいたときは、感極まって泣きだしてしまった。

フランスに来たころ、リラの花が満開だった。五年前、庭のある家に引っ越したとき、リラの木を一本植えた。春になって花が咲くたび、アントニーのアパートを思い出す。

木かげと陽だまり

〝鳥の目〟で見守る

思えば僕は、学生生活を終えると同時に教師になったので、人生のおおかたの時間を学校で過ごしていることになる。

そうであっても、慣れるということはない。生徒の顔ぶれは毎年変わるし、同じ生徒でも成長期においては心身ともに大きく変化するし、また、毎日何が起きるか分からず、緊張の連続だからである。

最初に美術を教えたとき、美術の作業自体が嫌《きら》いでしょうがないという生徒がいることに、まず驚いた。自分を基準に考えていたので、それは信じ難《がた》いことであり、好きでなくても、そこそこ取り組むのが当たり前だと思っていた。だから、そうした生徒をなだめたり、おだてたりしながら、日々、悪戦苦闘している。

その一方で、生徒がいつになく作業に没頭したり、作業を心待ちにしていたり、アドバイスに対して明るい笑顔で納得してくれたり、普段は投げやりな態度の生徒がすごい作品を仕上げたりすると、僕も俄然《がぜん》ファイトがわいてくる。

なんだかんだと三年間の授業を終え、美術を勉強してきたことへの感想を生徒に聞いたとき、苦手な美術が好きになった、楽しかった、あの作業はのめり込んだ、こんな発見があった、絵を張り出してもらって嬉《うれ》しかった、などと言われると、やはりこちらも教師冥利《みょうり》に尽きるというものだ。

卒業すれば、もう美術を学ぶ機会を持たない生徒も多い。技術うんぬんより、美術を愛する心が育ってくれれば、と願う。教師になってよかったとつくづく思うのは、なにも在学中に限らない。むしろ卒業後に見せてくれる彼らの若さや力強さに、こちらが大きく励まされたり、教えられたりすることが少なくない。

「夏の終わり」

かつて天理中学校が三島《みしま》町にあったころのプールである。当時、プールの絵を描いていると、水泳部の下級生が３年生の引退に備え、余興の練習をしていた。プールサイドでの「白鳥の湖」は夏の終わりを感じさせ、寂しい気分になった。

テレビや新聞を通して知る、甲子園《こうしえん》球場や花園《はなぞの》ラグビー場などで華々しく活躍する選手たち。わが子が生まれたとき、病院でお世話になった助産師さん。胃カメラをのむとき、傍《かたわ》らで声を掛けてくれた看護師さん。特技を生かして音楽や美術の世界で活躍する人。飲食店でばったり出会ったウエートレスさん。店のレジで勘定をしてくれた店員さん。ガソリンスタンドで、理髪店で、学校で……さまざまなところで声を掛けてくれた教え子たちのお世話になってきた。

中学一年生のとき、体が一番小さく、美術の時間の木版画で柔道部の練習風景を描いていた男の子は、やがてオリンピックで三連覇という偉業を成し遂《と》げた。

将来、誰《だれ》がどうなるかは中学時代では分からない。すべての子どもは〝可能性〟という原石を秘めている。大人はどうしても目先のことで躍起《やっき》になりがちだが、これからも生徒たちを、大きく長い目で見ていく〝鳥の目〟を身につけていきたい。

母校の木造校舎

一年間のフランス留学を終え、天理中学校に復職したとき、校舎移転の話を知った。

移転先は天理市杣之内《そまのうち》町で、山並みを背景に盆地が広がる、とても環境のよい場所である。しかし、校舎の移転はまた、これまで慣れ親しんだ校舎との別れでもあった。

僕は移転までの一年間、できるだけ校舎をスケッチした。

昭和五十一年、教祖《おやさま》九十年祭の年に天理中学校を卒業した僕は、六十年、教祖百年祭の前年に母校へ戻ってきた。公立の中学校に一年間勤めたあとだった。

母校の教壇に立とうとは、ましてや、同級生やいとこの子ど

「作法室前廊下」

同じ光が当たっても、鉄筋コンクリートと木造の校舎とでは暖かみが違う。掃除ロッカーに張られている紙は、生徒会の目標。

もたちを教えることになろうとは、百のうち一つも考えていなかった。自分の意思とは別のところで、神様のお引き寄せがあったとしか言いようがない。

校舎は、僕らが在学していたころとあまり変わらなかったが、美術室や調理室がプレハブの建物に入り、柔道場と卓球の練習場が別の所へ移動し、新しい第三体育館ができていた。僕は在学中、バスケットボール部に入っていて、高いロングパスをすると天井の梁《はり》に当たってしまう第一体育館で練習していた。

木造校舎は、明治から大正にかけて建てられたもので、床も天井も窓の桟《さん》も木でできていた。廊下は生徒が毎日雑巾《ぞうきん》で拭《ふ》くので、黒光りしていた。窓ガラスも、桟をガタガタさせながらよく拭いた。窓辺の陽《ひ》だまりには、木造ならではのぬくもりがあった。

あちこちにある木目は、くっきりと浮き出ていて、よく美術の授業中にフロッタージュ（木目の上に紙を置き、鉛筆でこすり出して模様を写し取る）の技法に利用したものだ。

校舎全体が校庭を囲むように立っているので、さほど大きくはなかった。僕はこの校舎の隅《すみ》から隅まで知り尽くしていた。いろいろな建物が雑然と並んでいて、新入生は必ずといっていいほど迷子になった。まことしやかに噂《うわさ》された怪談話もたくさんある。ちょうどいい具合に柳《やなぎ》の木もあった。〝トイレの花子さん〟が出てきても不思議ではないような便所もあった。

いよいよ引っ越しの準備に入り、焼却炉には処分される物品があちこちから集められた。やはり古い木製の物が多かったが、燃やすには惜しいような分厚い木の棚《たな》など、味のあるものもあった。そこで、机と椅子《いす》がくっついた昔の勉強机と、一脚の古い椅子、家庭科室から出てきた秤《はかり》（単位は貫《かん》と匁《もんめ》だった！）、大きな急須《きゅうす》や、裏に校長室と書かれた灰皿などを頂いた。

いま、この木造校舎は跡形もない。だが、多くの卒業生の心のなかでは、青春時代の思い出とともに生き続けることだろう。

阪神・淡路大震災に思う

毎年一月十七日が巡り来るたびに思い出す。平成七（一九九五）年に起きた阪神《はんしん》・淡路《あわじ》大震災である。

あの瞬間、まだ寝ていた僕と妻は、あまりの大きな揺れに、思わず寝床の上で抱き合った。折しも妻は妊娠中で、前日に安産のお守りである「をびや許し」を頂いたばかりだった。

朝、学校に行くと、美術室の天井の一部が落ちていた。学校にいる間も、刻々とニュースで伝えられる犠牲者の数は増加する一方で、背筋が寒くなってきた。帰りの車中では、ラジオが安否を尋ねる名前を延々と読み上げていた。テレビで流される高速道路やビルの倒壊、大火災の模様は、現実のものとは信じられなかった。しかし、神戸に住んでいる友人には電話が一切通じず、この現実を否応《いやおう》なく認めるしかなかった。

翌日の生徒会で、ある生徒から「私たちも何かをさせてもらいたい」という声が上がり、自衛隊のヘリコプター出動を要請するきっかけとなった。

急遽《きゅうきょ》、臨時の全校集会が開かれ、一人二十個以上のおにぎりを持ち寄ることが提案された。

二十日、目標を上回る一万二千個のおにぎりが集まった。なかには生徒本人は風邪《かぜ》で欠席しても、おにぎりだけ届けてくださった保護者もいた。わが家でも早朝から、せっせとおにぎり作りに励んだ。

午前十一時、四機のヘリコプターが天理中学校のグラウンドに降り立った。着陸時と離陸時の砂塵《さじん》はすさまじかった。耳の穴も髪の毛もズボンのポケットのなかも、砂だらけになった。生徒会が考えていたセレモニーは、爆音でとてもできる状態ではなかった。

救援物資は無事に、その日のうちに被災地へ届けられたと報告があった。

その後、おにぎりを受け取った人たちから、続々と礼状が学校に届いた。おにぎりに添えたメッセージには調製者の名前を記していたので、その生徒あてに送られてくるものが多かった。

三個のおにぎりを一日に一個ずつ食べ、三日間を幸福な気持ちで過ごすことができたという人。つらい事ばかりでなく、日ごろ忘れていた人と人とのつながり、思いやりの気持ちを取り戻せたという人。私たちも誰《だれ》かのお役に立てるよう、子どもたちと誓い合ったという人。どの手紙からも、感謝の気持ちと、復興を誓う思いがひしひしと伝わってきた。

毎年、校庭で花を咲かせる梅は、おにぎりのお礼にと、金一封を送ってこられた婦人の志《こころざし》に報いて植えられたものである。また、そのときの卒業生が学校に贈呈してくれた記念品の時計には「NEVER GIVE UP（決してあきらめない）」の文字が記され、毎日、生徒たちを見守りながら静かに時を刻んでいる。

I.Nishizono
'99.10.11

「休日」
よく晴れた休みの日。どこか平日とは違う、
ゆったりとした空気を感じる。

卒業生に贈る似顔絵

学校生活の一年のなかで、三学期が最も早く過ぎ去っていく。三年生は進学を控《ひか》え、正念場を迎える時期でもある。その三年生を担当したとき、卒業式の日にクラス全員に手渡そうと、生徒の似顔絵を描いたことが三回ほどある。

本人を前にして鉛筆やボールペンでデッサンをし、水彩で着色する。十分くらいだからと言って座らせるが、さっと描ける生徒もいれば、三十分近くかかる生徒もいる。似せようと思えば思うほど実像から遠ざかるようで、焦《あせ》るときもある。しかし卒業式を前にして、生徒一人ひとりと向き合い、絵を描きながら、たわいもない会話をするだけでも十分価値がある。学校を

「生徒の似顔絵」

１年間ともに過ごし、語り合い、泣いて笑った日々。一人ひとりの個性を生かして、これからの人生を力強く歩んでいくことだろう。

巣立つ前だからこそ見せる素直な表情があるからだ。

初めて三年生を担任して描いたときは、大変だった。担任としての入試業務に追われ、また、入試を間近に控えてナーバスになっている受験生に、似顔絵を描くなどと悠長《ゆうちょう》なことを言いづらく、描き始めたのは卒業式が一カ月後に迫った二月のことだった。総勢四十一人の顔。学校を長期休んでいる生徒が三人いたので、自宅まで描きに行った。

一人は一度も登校したことがなかった。顔を描くことで、その子の何かが変わると、僕は信じていた。放課後、絵を描いているとき、双子の兄から「父が入院した」と連絡があり、その翌日、父は亡くなった。病状が悪化していたので覚悟はしていたが、卒業式が終わるまではなんとか……という気持ちがあった。それから数日間、似顔絵描きは中断せざるを得なかった。

卒業式を翌日に控えた日、まだ描けていない生徒の一人が腸炎を患った。電話をすると、似顔絵のことを気にしていた。生徒の自宅で体調の悪い本人を目の前にして絵を描き上げたあと、おさづけの理を取り次がせていただき、明日の卒業式には元気に出てくれることを祈った。もう一人は似顔絵が嫌《いや》なのか、逃げ回っていたが、追いかけるようにして、なんとか全員分を仕上げた。

しかし、もうひと仕事残っていた。生徒全員の顔と担任の似顔絵を縮小コピーしたものを一枚の紙にまとめ、人数分をカラーコピーする。近くのコンビニで大量のコピーを済ませたとき、時計は深夜零時《れいじ》を過ぎていた。

卒業式当日、教室に入ると、全員の顔がそろっていた。卒業式が終わるや否《いな》や、クラスの生徒たちが校庭に駆け出し、いつの間に用意したのだろうか、「ありがとう」と書かれた大きな布を広げた。

先生と生徒。お互い素直に「ありがとう」と言えた最高の卒業式であった。

記録魔

両親が書き残した育児日記を、読ませてもらったことがある。細かな字でびっしりと克明に記されている。その血を引いたのか、僕はなんでも記録するのが好きだ。年季も入っている。

小学時代から今日まで続けているものを挙げると、映画ノート（映画館やテレビで観《み》た映画、舞台鑑賞の記録）、読書ノート（読んだ本の感想、気に入った文章の抜き書きなど）、美術館に行った記録（券やチラシも）などがある。絵日記も、宿題以外に自発的に書いたりした。日記は、大学時代は下宿で書き、就職してからはスケジュール表に書き込んでいる。いろいろな出来事と喜びと愚痴《ぐち》の記録である。山に登れば山岳日記（行程、

「小春日和」

口にしたり耳にするだけで、心がほっこりする言葉がある。〝小春日和〟もその一つ。夏草に覆《おお》われていた空き地に、やわらかな晩秋の光が満ちていた。

時間、費用も）、旅に出れば旅日記、まさに〝記録魔〟である。

写真は、赤ん坊のころから小学五年生の途中までは、父がアルバムに整理してくれたが、それ以後は、自分でレイアウトを考えながら行っている。これは、かなり楽しめる作業だ。

絵も、記録としてよくスケッチする。子ども時代を過ごした思い出のわが家、天理中学校の木造校舎、いずれも引っ越すときに短期間で描きまくった。

ところが、わが子のスケッチはほとんどしていない。娘が生まれて保育器に入ったときは、病院の許可を得てスケッチさせてもらった。やせた体にチューブをつながれ、痛々しかったが、絵を描きながら、生まれたばかりのわが子に語りかけていた。いまでは、これがかつての姿かと思えるほど大きく成長した。

もともとビデオを撮ることには、あまり興味がなかったが、初めて子どもが生まれたときは、迷わずビデオカメラを購入した。ちょっとした仕草《しぐさ》が可愛《かわい》く、スケッチよりも手っ取り早いからビデオに走った。

以来、保育園や小学校の行事ではビデオは手放せない。しかし、子どもの様子はレンズを通してではなく、やはり自分の目で見て、しっかり脳裏に焼きつけたいものだ……と思いつつ、いつもビデオを持ち歩いてしまう。

お気に入りの画家たち

初めて美術館に行ったのは小学四年生のとき。親に連れられ、京都市美術館で開かれていた「スペイン美術展」であった。その折に見たゴヤの作品に、後年バルセロナの美術館で〝再会〟したときは感動した。

余裕のない暮らしのなかで、本物にふれる楽しみや、画集をそろえていろいろな画家の作品に思いを馳《は》せる楽しみを、小さいころから与えてくれた両親に感謝したい。

好きな画家を意識したのは小学生のとき、ゴッホが最初である。あの独特なタッチは、身を任せたくなるほど見ていて心地よかった。大学の模写の課題にもゴッホの作品を選び、『夜のカフェテラス』を描いた。

浪人時代、お世話になった研究所の先生もゴッホの傾倒者だった。容姿もゴッホと見まがうほど似ており、物の存在感についての、それまでの僕の見方を変えてくれ、事実、僕の絵も変わった。

ゴッホとともに愛した日本人画家は、安井曽太郎《やすいそうたろう》。的確なデッサンに裏づけられた明快なフォルム。人物も静物も風景も、すべてが僕の感性にぴったり合った。特に、肖像画の名作『金蓉《きんよう》』は大のお気に入りだった。「自分はあるものを、あるがままに表したい」と現代生活における写実を心がけた彼のように、僕もそれを目指したいと思った。

僕が大学で油絵を本格的に描き始めた時期は、この二人の画家の影響をもろに受け、二人を足して二で割ったような作風を試みていた。

二度目の受験では、東京の私学二校を日本画で受験した。それほど当時、日本画にも惹《ひ》かれていた。上村松園《うえむらしょうえん》、あの『序の舞』の絵の前に立ったとき、そのみなぎる緊張感に体が震え

I.Nishizono
2001.7.30

「日曜日の朝」

アメリカの日常生活を主題にしたエドワード・ホッパーは、光を効果的に表現した。そんな彼の『日曜日の早朝』に影響を受けた作品。

た。

光と影のはっきりした表現が好きで、人物ではカラバッジオ、ベラスケス、リベラに大いに感化を受けた。まるで舞台の上で照明を浴びた生身の人間のようで、いまにも息遣いが聞こえてきそうである。カラバッジオの作品は、水彩画で模写を試みたこともある。

アメリカの画家、アンドリュー・ワイエスとエドワード・ホッパーの描いたモチーフや、光のとらえ方にも大いに共感し、影響を受けた。彼らの水彩画がまたいい。

ロートレックやエゴン・シーレの人物描写も、ひと目見たら癖《くせ》になる。人間くさく、当たり前で、投身大の絵が好きだ。

大学時代、僕はひたすら自分が求める古今東西の画家たちの作品にふれ、多大な影響を受けてきた。その人たちのおかげで、いまも創作を続けている自分がいる。

木かげと陽だまり

　僕が描く風景は明暗がはっきりしている場所が多い。なんの変哲もない場所でも、光の当たり具合で魅力的に見えたりする。また同じ場所でも、朝、昼、夕方と光線が刻々と変わり、一日のうちで光が見せるさまざまな表情は、僕を退屈させない。
　現地で必ず絵を仕上げる僕にとって、光の動きはとても気になる。大きな作品になればなるほど、その時間帯に何度も足を運ばなければならない。長期の休みでなければ次の日曜日まで待たねばならず、その日も晴天とは限らないので、どんどん日が過ぎ、すっかり光線の位置が変わってしまったりする。その場合、完成は翌年まで持ち越されることがある。

「ハーモニカ長屋」

天理の学校の教職員が住んでいる古い長屋。正面から見ると、2段になったハーモニカの吹き口に似ているため、ある住人が「ハーモニカ長屋」と名づけたそうだ。前庭には桜の老木があって、花見の季節には皆で会食したり、年末には餅《もち》つきが行われたりした。

昔から印象派の作品が好きだった。絵から光が溢《あふ》れ、その空気を肌身に感じることができるからだ。光と影が織りなすハーモニーは、奥行きのある空間を生みだす。

一年を通じて戸外で絵を描くことが多い。暑かったり、寒かったりするのはつらいが、季節の風や現地の空気を感じながら制作するのはとても楽しい。まさにキャンプと同じアウトドア感覚の楽しみがある。そのなかで、自分が感じたままの、木かげのように爽《さわ》やかで、陽《ひ》だまりのように暖かい水彩画を描くことが僕の理想だ。

明暗がはっきりしているといえば、夜景が一番だろう。人工的な光だが、これまた人間くさくて好きだ。電車から眺《なが》める建物の窓の光にはドラマがある。電灯の色もカーテンの色もそれぞれ違うので、いろいろな生活があることを感じさせてくれる。一家団欒《だんらん》？　一人暮らし？　皆それぞれの人生を背負って生きているのだと思うと、夜景を眺めているだけで、人間へのいとおしさが募る。

夜の光に惹《ひ》かれるのは、特に冬場が多い。光が煌々《こうこう》と冴《さ》えて見えるからだ。

自動販売機、公衆電話、駅構内、赤提灯《ちょうちん》、民家の窓明かりなどにしばし見とれ、実際、座り込んで何枚か絵を描いた。ネオン輝くまばゆいばかりの光ではなく、ポッと一部が照らされているような光が僕の好みだ。

冬の夜は凍《い》てつくように寒いため、塗《ぬ》った絵の具がなかなか乾かない。手元が薄暗いので、自分の出した色がよく分からず、家に持ち帰ってゾッとすることもしばしばある。

たまに人が通る。上から下まで思いっきり着込んだ得体の知れない人間が、道路にうずくまって何事かをしている姿を見れば、きっと不審に思うに違いない。わざわざこんな寒い夜に外で絵を描くなんて、よほどの物好きだと、我《われ》ながら思う。

日の光と夜の光に魅了された僕は、これからも光と影を求めて絵を描き続けることだろう。

水に惹かれて

水彩画に初めて意識して取り組んだのは、中学時代にさかのぼる。

美術の先生が絵の具を薄く溶き、筆の穂先を使った点描で、色を重ねて描く方法を教えてくれた。モミジの色づいた学校の中庭を描いたが、重ね塗《ぬ》りの作業が妙に楽しかったのを覚えている。色が濁《にご》らないためには、下の色がちゃんと乾かないといけないし、重ねすぎてもいけない。重ねることによって深みのある色が生まれたり、予期せぬ色ができたりしてスリルがあった。白の絵の具を使わず、画用紙の白を生かして明るいところを表現していく。色が濁らないように黒の絵の具を混ぜないこ

とも、このとき習った。

これが僕の「透明技法」の始まりである。大学受験の課題に着彩画があったので、ガラス瓶《びん》や紙風船、果物など多様な材質を、水彩画で表現する術《すべ》を身につけた。

水に惹《ひ》かれる直接のきっかけは、大学四年生のときに観《み》た映画『ストーカー』。ソビエト時代に作られたタルコフスキー監督のSF映画である。彼の作品では、いつも水が効果的に使われていた。また、イタリアのアントニオーニ監督の『さすらい』では、北イタリアを流れるポー河沿いの、雨でぬかるんだ道に目を奪われた。

映画で水の風景にひと目惚《ぼ》れしたことから、現実でも水の風景に目が向くようになった。以来、池や川、水路などをじっと見つめることが多くなり、見ているだけで創作意欲をかきたてられる。

大学の卒業間際、猛然と水をモチーフにした絵を描き始めた。卒業制作として、川の流れを題材にした二枚組の大作に取り組んだ。だが、四年間の集大成にしては、お粗末《そまつ》な作品になって

「雪ちらつく日」

田んぼの真ん中にポツンと取り残された古い建物。時の経過とともに瓦《かわら》がはがれ落ち、いまでは屋根がさらに傾いている。家のなかには1975年のカレンダーが掛けられたままだった。

しまった。やがてその作品は、家の倉庫でネズミにかじられ、なんの未練もなく処分される運命に――。

卒業後、公立の中学校に就職した。忙しさもあって油絵道具の箱を開けることはなかった。しかし、生徒にデザインのさまざまな技法を教えるうちに、僕自身もそれらを使って絵にしてみたくなり、あれこれ抽象表現を試みた。そのときの題材も水が多かった。

あるときは、イタリア・チボリ公園の夜の噴水を映像で観てそれをイメージしたり、またあるときは、天理教の教えにある「火・水・風」を表現してみた。襖《ふすま》に水彩絵の具で点描を試みたり、壁面と床に水を装飾的に構成したものを並べたり、ベニヤ板に水の勢いを筆のタッチで表現したりもした。また、水の透明感を表そうとアクリル板で作品を覆《おお》ったり、ニスを表面に塗ったり、あるいは樹脂《じゅし》を流し込んだりもした。

いろいろと試行錯誤を繰り返した時期が過ぎ、ようやく落ち着いて絵を描こうと思ったとき、僕の頭のなかから、いつの間にか油絵の道具がなくなっていた。これが油絵との別れだった。

僕の水彩画道具

いま使っている水彩道具の水入れは、幼稚園で使っていた水筒だから、かれこれ四十年ほどの年季物《ねんきもの》。水色のプラスチック製で、兄とおそろいであった。

水彩絵の具は、ホルベインの透明水彩。入れ物の箱は、高校時代に購入したものをそのまま使っている。パレットは、特に洗うこともなく、毎回、固まった絵の具を水に溶いて使っている。学童用のパレットを大学受験のころから愛用していたが、あるとき、床に置いていたのを踏んで割ってしまったので、二代目のパレットになる。プラスチックではなく、金属製なので半永久的に使えるだろう。広い面積を塗《ぬ》るために、大量の絵の

「イチョウ」

親里には、美しいイチョウ並木の名所がいくつかある。東講堂の近くも、その一つ。黄金《こがね》色に染まった木々が、まばゆいばかりに光り輝く。

具を溶くときは、食品用のトレーを利用している。

　個展を開くと、どんな絵の具を使っているのか、紙はどこのものか、と聞かれることが少なくない。企業秘密でもなんでもないので、あるとき、展示会場に自分の画材道具一切を並べたことがある。

　筆も鉛筆もボールペンもごく普通のものだし、折りたたみ椅《い》子《す》もスーパーで買った安物。それらを一緒くたにして手提《さ》げ袋に入れて持ち歩いている。高価な物など一つもない。だから、それらを見て、あまりになんの変哲もない物ばかりなので拍子抜けする人が多い。

　鉛筆はカッターナイフで削る。これも中学時代からやっている。シャープペンシルが普及しても、僕はひたすらナイフでカリカリやっていた。いまでは生徒の目の前で削ると、一様に感心してくれるので得意になっている。水彩道具に限らず、万事にわたって物持ちがよい。昔から、新しいものや流行を追わない主義だ。

　女優でエッセイストの亡き沢村貞子《さわむらさだこ》さんは、台所の換気扇が壊れたとき、電器屋さんから最新式の全自動のものを薦《すす》められるが、それまで通り、紐《ひも》を引っ張るものにしてもらったそうだ。そのことを、著書のなかでこう書いている。

「換気するか、しないかの判断まで機械に任せる、というのは私の気に染《そ》まない」

（そして、紐を引っ張り、回り出した換気扇をみて）

「……そう、それでいいのよ。まちがわないでね。あなたを使うのは私。あなたは私の助手なんですからね」（『私の台所』から）

この文章を、僕は高校時代に読んだ。高校生で沢村貞子の本を読むこと自体、珍しいだろうが、僕はこの文章が大好きで、その考えに大いに共鳴した。

いまの世の中、予想をはるかに超える進歩がある。しかし、時代に取り残されたような僕は、相も変わらず、幼稚園時代の水筒を水彩道具の水入れに使っている。

絵を通しての出会い

外で絵を描いているとき、いろいろな人が行き来する。その気配を感じながら筆を走らせるのだが、人の視線が刺激になり、励みになることが多い。

奈良市の奈良町《まち》にある古い雑貨店を描いているときのこと。店のおばさんが、入れ代わり立ち代わり出入りする常連さんと話をしている。商品は売れていないようだが、そんなことはお構いなし。バイクで帰ってきた主人は、絵をひと目見るなり、「あれ、母ちゃんがいる。太っているからすぐ分かる」と言い、家のなかから出てきた奥さんに教えた。

聞くところによると、築四百年になる建物で、昔は油屋を営んでおり、のちにロウソク、線香を売る店になったらしい。表に立てかけられた木の部分は、下ろすと腰掛けになっていて、奥の座敷とつながっている。興味深く感心しながら見せてもらったが、古い家を維持するのは大変だと、主人はしきりにぼやいた。

描いているものについて、いろいろと教えてもらえるのは大変ありがたい。見えなかったものが見えてくるからだ。

かつて、天理市の中心街として栄えた丹波市町《たんばいち》にも古い民家が残っていて、その一軒の家を描いた。いかにも昔、店を開いていたふうの屋根があり、その下でおじいさんが外に持ち出した椅子《いす》に座って、孫が水遊びする様子を見ていた。汗をかきながら描いていると、おばあさんがお茶を持ってきてくださった。冷えたどくだみ茶で、その心遣いが実に嬉《うれ》しかった。

その後、描いた家は取り壊されてしまった。家人は、思い出の家が描かれた絵を強く所望《しょもう》されたのでお譲りした。「わが家の宝物です」と現在、引っ越し先の居間に飾っていただいている。絵は、作者の思いもよらぬ運命をたどるものだ。

「夏の午後」

夏の強い日差しにもかかわらず、屋根の下には涼しい陰があり、ほっとひと息つける空間がある。水遊びをしている息子さんは、いまはすっかり大きく成長した。

日本に限ったことではない。スペインのブルゲーテという小さな村で絵を描いているときも、地べたに座っていたら椅子を持ち出してきてくれた人がいた。感激して座ると、視点の位置が変わってしまったが、せっかくの好意なので、そのまま描き続けた。

同じくスペインのガリシア地方では、ホテルのレストランの常連客が画廊を経営していて、僕が絵を描いていることを知ると、画廊を見せてくれたり、画家の友人を紹介してくれたり、食事に誘ってくれたりした。一緒に肩を並べて街を歩いていると、いま知り合ったばかりとは思えない旧知の仲のような気がして、自分が旅人であることを忘れてしまった。

これだから、外で絵を描くことはやめられない。〝百利あって一害なし〟だ。

これからも〝喜びの種まき〟を

僕の絵を見て、「癒《い》やされる」と言ってくださる人がとても多い。

現在、表紙絵を掲載している道友社の『人間いきいき通信』（『天理時報特別号』）は全国で配られているため、それこそ全国津々浦々、たくさんの人たちから表紙絵に関するお便りを頂戴《ちょうだい》する。そのなかに「心と体を癒やすのは医者の薬だけではないことを、身をもって体験させていただきました」と書かれたものがあった。

実際、絵画で精神的、生理的な安定を得られることを、医学的に検証したデータもある。「ストレスホルモン」の分泌《ぶんぴつ》量を鑑賞前後で比較すると、著しく低下しているそうだ。こうした効果を生かした企画に、美術館で取り組むところも出てきているらしい。

そういえば、中学校のそばにある健康管理室の応接間に、僕の絵を飾ってもらっているが、やはり訪れる人は、ほっとしてくださると聞く。また、知人がもう何年も開いている「ほんわかコンサート」の会場の壁面には、絵画（僕の水彩画も）や写真を並べ、音楽とともにほんわかとした気分になってもらったりしている。

僕の絵が、そのような癒やし効果を持っているとは、これまであまり考えてもみなかった。それを強く意識したのは、初めて奈良で個展を開いたときだった。新聞に載《の》った僕の作品を見て、画廊の場所を尋ねる電話が頻繁《ひんぱん》にかかってきたという。見知らぬ人なのに、僕の絵を見ようと、遠路はるばる足を運んでくださるのには正直驚いた。

雨のなか、駅から遠い画廊まで歩いてきて小言をこぼしていた人が、帰りには「本当に来た甲斐《かい》があった」と、心の底から

「いろは教室」

旧別席場。現在、修養科生が授業に使用している、昔懐かしい木造の建物である。紅葉が木のガラス戸に映ると、ひときわ鮮やかに見える。

喜んでくれたときも、いたく感激した。

ファンレターを下さる人は、年配の方が圧倒的に多いのだが、どこか昔を思い出し、郷愁《きょうしゅう》を感じてもらっているようだ。大和《やまと》近辺の風景ばかりだが、北海道の人も沖縄の人も〝心のふるさと〟だと言ってくださる。

僕の絵には、おぢばの建物を直接描いた作品は少ない。だが、そこに、親里の空気を感じ取ってくださるのか、「絵を拝見していると、懐かしくて穏やかで、まるで教祖《おやさま》のお膝元《ひざもと》に帰ったような気がします」と、お便りに書いてくださる人もいた。

「十七歳の私が、先生の絵を見て懐かしいと思うのはおかしいでしょうか？　でも懐かしかったです。家に帰りたくなりました」と個展のときに感想をつづってくれた若者もいた。

なんでもない日常にこそ不変の輝きがあり、その輝きを僕は絵に描いていきたい。

自分が描いて楽しく、人に見てもらっても楽しく感じてもらえるなら、これ以上の喜びはない。一枚の絵から喜びが波紋のように広がっていくなんて、考えるだけでも楽しい。

日々生かされている感謝の気持ちを込めて絵を描けば、これはもう「ひのきしん」と言えないだろうか。

自分にしかできない〝喜びの種まき〟を、これからも続けていきたい。

あとがき

「絵描きさんになりたいです」

小学一年生のとき、校内のテレビ放送で将来の夢を語る機会に、そう言ったことを覚えている。

「平凡な生活はしたくありません」

中学卒業のとき、思い出のカセットテープにそう吹き込んだことも、よく覚えている。絵描きとは、尋常でない生活を送らないといけないかのように錯覚していたのだ。

子どものころからずっと、絵とともに歩んできたが、このことは、自分の思惑だけではないような気がする。『人間いきいき通信』の表紙絵を担当するようになって、その思いを特に強く持つようになった。

日ごろの親神様のご守護に感謝し、人さまに喜んでいただくのが、信仰する者の姿であり、陽気ぐらしの原点と教えられる。

そのことを、成長期におぢばの学校で学んだことは、とても意味の深いことだった。いま、生徒を導く立場にある僕は、絵を描くことを通して、その思いを伝えていきたいと考えている。

自然とのふれあい、多くの人との交流、そして素晴らしい芸術作品との出合い……。僕が絵を描いている時間は、生活のごく一部にすぎないが、生活のすべてが絵を描くための糧《かて》になっていることに、今回、慣れない文章を書いてみて、あらためて気づかされた。

もし絵筆をとらなかったら、もっとのんびり過ごせるのに、と思うことがある。だが〝絵を描くことが好き〟という徳分を神様から与えられ、多くの人に絵を見て喜んでもらっていると思えば、それは感謝の気持ちに変わっていく。

子ども時代を心豊かに過ごせたことが、創作活動の元になっていることを、僕は両親に感謝したい。そして、その両親の思いを、今度はわが子に伝えていきたい。

昔から夢があった。一つは、外国へ旅行ではなく滞在すること。もう一つは、絵の本を出すこと。はからずも、この二つの夢を叶《かな》えてくださった道友社に深く感謝するとともに、次なる夢を、散歩するように探してみたいと考えている。

西薗 和泉

二〇〇五年二月

西薗和泉（にしぞの・いずみ）

1960年　天理市に生まれる
1973年　天理小学校卒業
1976年　天理中学校卒業
1979年　天理高校卒業
1984年　京都市立芸術大学油画科卒業
1985年　天理中学校に勤務
1987年　イタリア、フランスへ初めての海外旅行
1989年　スペイン旅行
1990年　天理市文化センターにて水彩画個展
　　　　２度目のスペイン旅行
1992年　４月末より1993年３月末まで天理教道友社の派遣によりフランス留学。その間、イギリス、スペイン、ベルギー、フランスの地方などにスケッチ旅行
1993年　２月、パリにて水彩画個展（天理日仏文化協会・天理ギャラリー）
　　　　帰国後、滞欧水彩画展（道友社ギャラリー）
1994年　「懐かしの木造校舎―天理中学校―」展（道友社ギャラリー）
1997年　中国旅行
1999年　「私の好きな風景」展（奈良・岡専ギャラリー）
2001年　『人間いきいき通信』天理時報特別号の表紙絵を手がける
　　　　水彩画個展（奈良・アートスペース上三条）
2003年　『人間いきいき通信』表紙原画展（道友社ギャラリー）

木《こ》かげと陽《ひ》だまり――水彩　こころの覚え描き

立教168年（2005年）３月１日　初版第１刷発行
立教170年（2007年）４月26日　初版第３刷発行

著　者　西薗和泉

発行所　天理教道友社
〒632-8686　奈良県天理市三島町271
電話　0743（62）5388
振替　00900-7-10367

TENRIKYO DOYUSHA

印刷所　株式会社 天理時報社
〒632-0083　奈良県天理市稲葉町80

ISBN978-4-8073-0498-1
定価はカバーに表示